YO TAMBIÉN QUIERO JUGAR AL FÚTBOL

Mayca Jiménez

YO TAMBIÉN QUIERO JUGAR AL FÚTBOL

Ilustraciones de
Alicia Caboblanco

Prólogo de
Amanda Sampedro

40 mujeres que cambiaron el deporte rey

LUNWERG
EDITORES

Agradecimientos
A mi madre, por su amor infinito.
A mi padre y a mi hermana, por su apoyo incondicional.
A mi abuela, que me dio las alas para volar.
A mi abuelo, que me enseñó a no rendirme nunca.
Y a Mario, por ser el mejor compañero de vida.

MAYCA JIMÉNEZ

Lunwerg es un sello editorial de Editorial Planeta, S. A.
Avenida Diagonal, 662-664 - 08034 Barcelona
Calle Juan Ignacio Luca de Tena, 17 - 28027 Madrid
lunwerg@lunwerg.com
www.lunwerg.com
www.instagram.com/lunwerg
www.facebook.com/lunwerg
www.twitter.com/Lunwerglibros

Creación y realización: Lunwerg, 2022

Primera edición: febrero de 2022
ISBN: 978-84-18820-27-4
Depósito legal: B. 18.037-2021
Imprime: Macrolibros

Impreso en España

El papel utilizado para la impresión de este libro es cien por cien libre de cloro y está calificado como papel ecológico.

Índice

Prólogo

por Amanda Sampedro

Un balón puede mover toda una vida. Simplemente un balón. La ilusión de pisar el campo. El olor a césped mojado. La pasión de quien celebra un gol y la resistencia de quien tiene que remar a contracorriente cuando le marcan uno. Eso es el fútbol: deporte y vida, vida y deporte. El balón es amigo y enemigo a la vez, compañero y rival. Pero siempre ofrece una solución, porque no hay partido final, aunque sí hay un final en los partidos. Perder solo sirve para volver a ganar. Y ganar es el premio al trabajo, al compañerismo, a la vida.

Dicen que la ilusión mueve montañas. El fútbol, como ilusión, también lo hace. En este deporte todos somos iguales. Sin color. Sin raza. Sin género. Da igual de dónde vengas o adónde vayas; el fútbol te acoge y te ayuda. Incluso te salva. En mis peores días, saltar al campo fue siempre la mejor motivación. Y, como yo, hay otras muchas mujeres que se levantaron gracias a este deporte. Porque cuando nadie creía en nosotras, el fútbol nos invitaba a seguir. Y seguimos. Y seguiremos, porque aún nos quedan muchos goles por marcar contra la desigualdad.

La pelota es redonda para todos, pero el contexto en el que se golpea ha sido muy diferente para nosotras. Siempre se nos miró por encima del hombro. Pero no creáis que aquello nos achantó: al contrario, nos hizo más fuertes. Ahora que lo pienso, el fútbol femenino y el Atlético se parecen mucho en su lucha y su garra constantes. Y en su valentía. Esos valores son los que quiero transmitir a todas las niñas que sienten miedo de los que todavía hoy se creen superiores. No temáis. No estáis solas. Y, si alguna vez lo estáis, coged el balón y pensad que en algún lugar del mundo habrá otra de las nuestras golpeando la pelota.

En mi caso, no sé quién fue primero en mi vida, si el fútbol o yo. De hecho, no recuerdo cuándo decidí que me gustaba este deporte. Tengo fotos con la equipación del Atlético de cuando tenía tres añitos, pero nadie sabe decirme cuándo empezó esta pasión. Seguramente buena parte de la culpa la tenga mi padre, con el que siempre iba al Calderón. Me crie así, con fútbol hasta en la sopa. Y yo tan contenta de que así fuese. Me daba igual lo que dijeran, yo quería ser futbolista y me visualizaba de ese modo cada vez que me iba a dormir. Allí estaba yo, todas todas todas las noches, imaginándome con el balón. Me convencí tanto de que era posible que lo logré, y ahora... ¡soy futbolista!

Atrás quedaron las miradas de desconfianza, los comentarios que nunca debí oír, la falta de recursos... Recuerdo que siempre observaba a los niños que jugaban al fútbol junto a mi casa. «¿De quién es el balón?», les pregunté un día. Todos me miraron extrañados, pero, en un intento de desafiarme, me pasaron la pelota. Y... *voilà!* Era como ellos. Era una más. Solo hizo falta pasarme el balón para descubrirlo. Yo quería jugar y jugué, y cualquier niña que quiera jugar tendría que poder hacerlo, sin tener que oír frases como las que decían algunos cuando me veían en el campo. «¿Cómo se te puede ir si es una niña?», les gritaban a mis compañeros, alimentando mis ganas de demostrar que podía ser futbolista.

Es cierto que las cosas han cambiado. Yo crecí sin referentes femeninos, con Fernando Torres como gran ídolo. Sin embargo, seguir sus pasos era complicado entonces. En mis inicios, el Atlético femenino no estaba ni federado. Y aquí nos tenéis ahora, ganando ligas, jugando la Champions... Aún me tengo que pellizcar para sentir que todo esto es real.

Sin ir más lejos, Alexia Putellas ganó hace poco el primer Balón de Oro para una jugadora española. Cuando la vi subirse a aquel escenario en París me pasaron muchas cosas por la cabeza. En mi época no existía este premio para las mujeres. Ahora las niñas y los niños pueden soñar por igual. Ellas tienen a Alexia y ellos, a Messi, e incluso pueden elegir a quién de los dos seguir o admirar a ambos. Se empieza a hacer justicia. Este libro también es prueba de ello: en él se reconoce el esfuerzo de muchas mujeres en este deporte. Cuando era pequeña no había libros que hablasen de fútbol femenino. Ahora vosotras tenéis este y otros más, para poder soñar más fuerte. El fútbol os espera. ¡Que empiece a rodar el balón!

Introducción

«¿Qué quieres ser de mayor?», preguntó la profesora a una de sus alumnas. «Yo quiero ser futbolista», respondió ella, y nadie la miró con asombro.

Esta escena se ha repetido una y otra vez en la mente de muchas niñas a lo largo de la historia, pero no todas se han atrevido a protagonizarla. Por miedo. Por falta de confianza y de apoyo. O por falta de ejemplos. El fútbol femenino se ha visto y se sigue viendo acallado por quienes todavía creen en muchos rincones del mundo que las niñas, las adolescentes y las mujeres no pueden o no deben dar patadas a un balón.

Ellas también quieren jugar. Y quieren hacerlo sin tener que pedir permiso. ¿Por qué se cuestiona tanto su talento? Nadie duda o pone en entredicho que un niño sueñe con ser futbolista, aunque no llegue a conseguirlo de manera profesional, y nadie debería hacerlo cuando *él* pasa a ser *ella*.

Para esas niñas, para esas adolescentes y para las mujeres en general nace este libro, que pretende dar aliento a todas las que sueñan con dedicarse a este deporte. En estas páginas se alzan figuras que abrieron el camino a las que vienen y a las que vendrán, con grandes historias de superación y un sueño en común: ser futbolistas. Referentes del ayer, del hoy y del mañana como Lily Parr, Mia Hamm, Megan Rapinoe, Vero Boquete, Alexia Putellas, Jenni Hermoso, Babett Peter, Amanda Sampedro, Ludmila da Silva, Virginia Torrecilla, Mapi León... y hasta un total de cuarenta mujeres a las que aplaudir.

Ellas también sintieron miedo y rechazo cuando expresaron su amor por la pelota, pero tuvieron ese don de la resiliencia que las convirtió en leyenda. Todas las que aparecen aquí y muchas más (la cifra es inmensa) han allanado el camino a las que nacen con un balón bajo el brazo. Porque jugar al fútbol llegó incluso a estar prohibido durante cien años. No es necesario esforzarse en entender el motivo, porque tiene poca lógica, y muchas se encargaron de demostrar el sinsentido de aquella norma.

Durante esta guerra armada de ilusiones se han derramado mucho sudor y muchas lágrimas. Un sacrificio tras el que hoy se empieza a saborear la victoria. Un triunfo que para muchas no solo se tiñe de fútbol, sino también de superación. En cada una de las protagonistas de este libro hay una gran luchadora que derrota un problema familiar, personal o incluso social: desde plantar cara a una enfermedad hasta superar barreras económicas, estructurales o de otra índole durante su infancia.

El fútbol fue y sigue siendo la gran motivación para sobrevivir y seguir luchando de muchas niñas y adolescentes. Sus vidas se ven reflejadas en los relatos de este libro, en el que solo se muestra la punta de un iceberg en el que tantas mujeres tuvieron que derribar barreras y arriesgarlo todo sin apenas premio. Pero ¡se acabó! Este deporte por fin empieza a tener su espacio, gracias a ese ejército de jugadoras valientes que han liderado su crecimiento. Lo han hecho rompiendo demasiados techos de cristal, con un coste personal incalculable, pero eso no las hace arrepentirse de todo lo recorrido. Ha merecido la pena, por todas las mujeres a las que han salvado de ese sufrimiento. Por todas las chicas a las que han servido de ejemplo.

Puede que falten muchos nombres de jugadoras cuyos méritos podrían llenar más de un espacio en este libro, y pido disculpas por ello. Esta obra es solo un pedacito de historia del fútbol femenino; incluso se podría decir que es como un granito de arena en medio de una gran montaña. No están todas las que merecen estar, pero sin duda todas las que aparecen son la grandeza de nuestro deporte. Nuestro gran patrimonio social. Eso sí, hay que abrir paso, porque vendrán muchas más. La puerta ya se ha abierto. El fútbol femenino empieza a respirar justicia y no se rendirá. La igualdad es su meta y ya se han marcado muchos goles por ella. Y todos los que quedan por marcar.

Decirles GRACIAS a nuestras luchadoras no sería suficiente para todas las referentes que hicieron posible un fútbol femenino mejor. Ahora nos quedan sus historias para aprender y no olvidar. Para no dar nunca un paso atrás. Porque su descaro tiene mucho mucho valor y por ello merece ser contado.

Lily Parr

1905, Saint Helens, Reino Unido - 1978, Goosnargh, Reino Unido

El nacimiento del fútbol femenino es tan difuso como lejano, con unas raíces de una profundidad similar a las del masculino, que se extienden desde China, donde varias pinturas del siglo XII muestran a mujeres dando patadas a un balón de colores, hasta Inglaterra, país en el que se registraron los primeros equipos y partidos en el siglo XX. Las historias se suceden entre una y otra fecha, con la figura de Lily Parr liderando unos comienzos que fueron cuando menos difíciles. La mayoría de los historiadores consideran a la futbolista inglesa como la primera gran referente de este deporte.

Para conocer su historia hay que viajar hasta la cuna del balompié, Inglaterra, que fue testigo de un fenómeno irrepetible que llevó su nombre por bandera. Lilian Parr (o Lily Parr, como más popularmente se la conocía) nació en el humilde barrio de Gerrards Bridge y creció generando rarezas para sus coetáneos y proezas para las generaciones futuras. Hablar de ella es hablar de una rebelde, una mujer que no se cohibió cuando le negaron la posibilidad de jugar al fútbol. Sin embargo, esta no fue su única causa, ya que era homosexual y fue un icono en la lucha por los derechos LGTBI.

Atrevida desde niña, se desquitó pronto de las amarraduras femeninas de la época para jugar al fútbol con sus hermanos. Lo hizo con naturalidad, sin atender a esas distinciones de género que separan más que unen. Con un talento innato y una gran potencia física —se llegó a decir que pateaba más fuerte que cualquier jugador—, se inició en el equipo del St Helens Ladies con apenas catorce años. Meses después fue reclutada por el exitoso Dick, Kerr's Ladies, el equipo de la fábrica Dick, Kerr and Company, que lideró en los tiempos venideros.

Su salto futbolístico estuvo acompañado de un contrato de trabajo en esa misma factoría, con un salario por semana de 10 chelines (unas 100 libras o 115 euros,

aproximadamente), más los gastos de viaje para jugar. De esta forma, Parr no solo disfrutó de exhibir su buen fútbol cuando llegó a Preston, sino que también aprendió a producir munición y se unió a las mujeres que demostraron durante la Primera Guerra Mundial que podían hacer un trabajo tradicionalmente varonil, al mismo tiempo que se abrían paso en un ocio centrado en el fútbol.

Cuando terminó el conflicto bélico, la presencia femenina en las fábricas y en los terrenos de juego continuó, pese a las recelosas miradas de sus homólogos masculinos y de una sociedad machista que no terminaba de aceptar un rol de la mujer alejado de las tareas del hogar y de la familia. Muchos las culpaban del alto índice de desempleo que acechaba a los que regresaron de la guerra, e incluso estos se sintieron amenazados por su crecimiento en un deporte mal entendido desde sus inicios como «solo para hombres».

Lily desoyó las críticas con un carácter único, encabezando los partidos, en los que el dinero recaudado solía entregarse a la beneficencia. Su carrera futbolística se desarrolló entre 1919 y 1951, a pesar de que la Asociación Inglesa de Fútbol (The Football Association, o FA, por sus siglas en inglés) prohibió el fútbol femenino en Inglaterra en 1921. Esta decisión dictatorial surgió ante el miedo al incontrolable auge de esta categoría en suelo inglés, sobre todo del Dick, Kerr's, que en su arranque llegó a congregar a 53.000 espectadores en el Goodison Park para un duelo contra el St Helens que acabó con un triunfo por 4-0 para las de Lily Parr. Este acontecimiento asustó más que impresionó a la FA, que movió ficha de la manera más drástica. «Es un deporte nocivo para las mujeres», justificaron con un supuesto estudio médico que respaldaba la prohibición del fútbol femenino. Lo que no sabían entonces era que la pasión por el balompié y el espectáculo de jugadoras como Parr se imponía a cualquier norma, escrita o no.

Durante medio siglo —no se puso fin a la prohibición hasta 1971— el fútbol femenino sobrevivió en la clandestinidad y supo ser paciente, con un Dick, Kerr's Ladies que, contra todo pronóstico, no desapareció. Su rebeldía, liderada por Lily Parr, deslumbró allá por donde pasó. En total, el cuadro de la ciudad de Preston llegó a jugar 828 partidos, de los que ganó 758, empató 46 y perdió 24, y anotó más de 3.500 goles, de los cuales alrededor de mil llevaron la firma de Lily. La futbolista inglesa se convirtió en toda una leyenda, una heroína que marcaba goles más allá de la línea de cal de las porterías. Sus balones alentaban a todas aquellas mujeres y niñas que querían divertirse con la pelota, y eso era lo más importante.

No obstante, Lily Parr tuvo que coexistir con la ardua persecución de la FA, que obligó al Dick, Kerr's a organizar una gira por América en 1922 en la que se enfrentó con logros por igual a equipos masculinos y femeninos. Aquel viaje no estuvo exento de baches, como la prohibición de jugar en Canadá, ni de anécdotas. Entre estas últimas sobresale la escena en que un portero se rio de Lily pensando que esta sería incapaz de marcarle un gol. La futbolista no respondió a sus burlas con palabras: lo hizo con un disparo tan potente que el guardameta se rompió la muñeca al intentar pararlo. El balón golpeó la red con fuerza y sacudió las conciencias de muchos. Fue mucho más que un golazo.

Sin duda el camino fue complicado y, lamentablemente, se acabó cumpliendo la excepción de que no todas las grandes historias tienen un final feliz. El épico club británico se apagó después de que el nuevo dueño de la fábrica, English Electric, decidiera acabar con la financiación del equipo femenino. No obstante, su estela continuó hasta 1965, cuando pasó a llamarse Preston Ladies. En este equipo siguió pateando una Lily que se formó como enfermera y que compaginó esta profesión con el fútbol. Se embarcó de nuevo en una gira internacional, esta vez por Francia.

Con el balón como modo de vida, Parr se apartó definitivamente de los terrenos de juego en 1951, aunque su compromiso con la igualdad perduró hasta que murió a los setenta y tres años, víctima de un cáncer de mama. Ella nunca fue consciente de la gran huella que estaba dejando en la historia del balompié femenino, una categoría a la que el reconocimiento llegó demasiado tarde. Fue la primera mujer incluida en el Salón de la Fama del fútbol inglés, en 2002, y la única que tiene una estatua en este museo, situado en la ciudad inglesa de Mánchester. Esto añade aún más valor al personaje de Lily, que hizo historia de manera póstuma, tras vivir en una sociedad que no estaba preparada para sus puntapiés. Sin quererlo, se convirtió en la primera gran musa del fútbol femenino.

Nita Carmona

1908-1940, Málaga

El fútbol guarda tantos secretos como goles; tantas historias como jugadas. Es un baúl en el que las hazañas se suceden sin límite de tiempo, lugar, raza o género. Algunas se conocen con orgullo y ocupan muchas páginas en la historia de este deporte; otras han estado escondidas durante décadas, reprimidas por todos los que intentaron hacer del balompié un lugar sesgado y únicamente masculino.

El amor por la pelota de muchas mujeres se topó con esta barrera: un gran desafecto por el género femenino durante los primeros conatos balompédicos. Ellas se vieron obligadas a golpear la pelota en la sombra. A muchas no les importó; lo fundamental era jugar, pensaron. Y así quedaron tapadas, que no en el olvido, un gran número de figuras que dieron por este deporte su máximo aliento e incluso su identidad. Un ejemplo de esto último se personifica en Ana Carmona Ruiz, más conocida como Nita Carmona.

Ana, que nació y se crio en el popular barrio malagueño de Capuchinos, fue una futbolista que tuvo que disfrazarse de hombre para poder bailar con la pelota sin reproches. Su personaje se tuvo que llegar a ocultar tras el nombre de Veleta, un apodo que ha mantenido su identidad a salvo prácticamente hasta nuestros días, rodeado de una lealtad encomiable de los que conocían su secreto.

Bajo este pseudónimo, Nita gozó de este deporte igual que sus contemporáneos durante los años veinte, tras unos inicios convulsos en su relación con la pelota. Su juego se desarrolló de manera clandestina: escondía su apariencia femenina con vendas en el pecho y se cubría la melena con horquillas y una boina. Anita desaparecía para todos cuando saltaba al campo, en el que, durante su estancia en el Vélez C. F., tomó el papel de Veleta, un jugador fornido, alto y con un juego muy enérgico.

Con estas cualidades y la vestimenta deportiva de la época (calzones largos y anchos y camisetas muy holgadas), el disfraz de Nita pasó desapercibido. Es más, su caso fue descubierto a finales de los noventa por Jesús Hurtado Navarrete, un periodista e historiador deportivo que lo destapó por casualidad cuando indagaba en las historias de los miembros del Vélez C. F. en los años veinte y treinta. Mientras llevaba a cabo esta recopilación se topó con Veleta, un jugador del que apenas había información. Él mismo hace especial énfasis en lo «complicada» que fue la investigación para llegar hasta el fondo del asunto, y destaca que sospechó que Veleta escondía su identidad por temas políticos o por haber sido homosexual. No se rindió Hurtado, que rastreó cada uno de los motes que aquel equipo había ideado para sus futbolistas, con el objetivo de que Nita no llamara la atención por el suyo.

Y lo que descubrió tumbó cualquier vaticinio posible y sorprendió a todos los que después conocieron la hazaña de Nita Carmona. «Era una mujer», le confesó a Hurtado uno de los que conocían aquel misterio, después de que el periodista insistiera. Veleta era Nita Carmona, una jugadora que llegó al Vélez tras sufrir duras reprimendas en Málaga, donde la arrestaron, le raparon la cabeza y recibió el rechazo de la sociedad y de su propia familia por jugar al fútbol. Y ni por esas dejó de hacerlo.

La joven malagueña desafió las normas en un deporte que conoció en el muelle, donde su padre era estibador, y encontró la vía para poder practicarlo en silencio, esquivando los castigos de sus padres y de todos los que la rodeaban, que consideraban aquella afición impropia de una niña de su edad.

Entre tanto rechazo, hubo una excepción en la que encontró el descanso. Fue el padre salesiano Francisco Míguez quien alimentó el hambre de juego de la pequeña Ana, a la que dejó hacer todo lo que quiso con el balón en los pies. Según cuenta Hurtado, el sacerdote era un enamorado de este deporte y organizaba partidos benéficos en la explanada cercana al cuartel de artillería, donde más tarde se ubicaría el campo de las Escuelas Salesianas o el de Segalerva. Y Nita no faltó a estas citas, en las que deslumbró con su calidad.

El padre Míguez no solo dio alas a su fútbol, sino que también fundó el Sporting Club de Málaga, club del que ella terminó formando parte y siendo su seguidora más fiel. Esta relación se forjó gracias a dos personajes claves: su abuela, que lavaba y zurcía la ropa del equipo y que era su gran compinche, y el masajista Juanito Marteache, al que le llevaba la ropa que arreglaba su abuela y con el que mantuvo una gran amistad.

«El masajista la avisaba cuando había fallado algún jugador y tenían partido como equipo visitante, cuando era más difícil ser reconocida», detalla Hurtado sobre el *modus operandi* de Nita para jugar en aquel equipo, en el que empezó a camuflar su apariencia física para evitar problemas. Sin embargo, su disfraz no siempre resultó efectivo, y algunos rivales o aficionados la descubrieron y la denunciaron. No solo molestaba que una mujer quisiera jugar al fútbol y lo hiciera, sino que a muchos les incomodaba que su nivel fuese igual o mejor que el de un hombre.

Hay que destacar que en aquellos años se prohibió a la mujer jugar a este deporte y se tomaron estrictas medidas para que esta disposición se cumpliera. Prueba de ello eran los guardias urbanos que controlaban que Nita no saltara al campo durante los partidos disputados en aquella explanada. Sin embargo, estas medidas tampoco lograron apartar a la malagueña de los terrenos de juego. Los insultos, los arrestos y los ataques continuaron, sumados a los comentarios negativos de sus padres, sus vecinos y hasta de un tío que era médico y advirtió a todos de lo perjudicial que era la práctica de este deporte para la estructura corporal de una futura mujer.

La situación se volvió insostenible, y el padre Míguez le aconsejó a Nita que se fuera a Vélez, donde sabía que había un equipo al que se habían marchado otros jugadores del Sporting. «Lo mejor que puedes hacer es cambiar de aires», le dijo el cura a Nita, tal y como puntualiza Hurtado, que señala en esta frase el origen del apodo Veleta.

De esta manera, Nita tuvo que dejar atrás su amado Sporting, con cuya camiseta fue enterrada cuando murió a los treinta y dos años, víctima de una fiebre exantemática (lo que se conoce como «piojo verde»). Del equipo de su alma pasó al Vélez, donde se le permitió disfrutar de la pasión de su vida. Allí encontró un vestuario que la arropó y la encubrió para que pudiese seguir disfrutando del fútbol, esta vez sin insultos, sin arrestos… Veleta voló de campo a campo guiada por el balón y escondida bajo una identidad oculta. Un cruel secreto que la convierte en una de las mayores luchadoras de nuestro fútbol.

Amelia del Castillo

1943, Madrid

La radio suena como cada domingo de fútbol en casa de Amelia. Ella se entretiene escuchándola mientras prepara la comida o se encarga de otras tareas. En su mente solo quiere oír que su Atlético de Pinto, su «tercer hijo», como ella lo llama, ha vuelto a ganar. Si a ello se añade que la victoria ha llegado en su estadio, el Amelia del Castillo, las mariposas en el estómago son incontrolables. No ha dejado de sentirlas desde que en el año 2000 la hicieron presidenta de honor y pusieron su nombre al campo del equipo madrileño.

Este sentimiento tiene detrás la larguísima y también injusta historia de una mujer a la que un día llamaron loca y que hoy luce como heroína de este deporte. Su reconocimiento llegó muy tarde, pero a tiempo de que Amelia pudiese disfrutarlo. Ella nunca quiso méritos e incluso se quedó a un lado cuando su presencia puso en peligro la existencia del Atlético de Pinto. Este acontecimiento nunca podrá sanar en su corazón, pero la honra y la enaltece aún más en el fútbol español, que ahora la contempla con toda la admiración posible.

Para descubrir su gran causa hay que retroceder hasta el 15 de octubre de 1963, una fecha clave en su vida. Aquel fue el inicio de muchos días especiales para Amelia, que se convirtió en la primera presidenta de un club de fútbol masculino en España: su Atlético de Pinto, anteriormente llamado Flecha de Pinto. El cómo de aquello es fácil de explicar, por muy difícil que el resto de la sociedad lo viera en esos años. Ella solo pensaba en el fútbol y este deporte le abrió una senda sin titubear.

Cabe recordar que eran años en los que las reglas lo complicaban todo si eras mujer y te gustaba aquello del balompié. Corría la década de 1960, un periodo en el que España estaba sumergida en la dictadura franquista y en el que la mujer estaba relegada a las tareas del hogar. Salvo las excepciones de pioneras

ATLÉTICO DE PINTO

que rompieron barreras, las mujeres no podían estudiar, trabajar fuera de casa ni mucho menos jugar al fútbol. En este deporte tampoco podían arbitrar o entrenar, aunque nunca se legisló acerca de que no pudieran presidir un club. Quizá nadie se lo planteó y por este motivo no se prohibió legalmente. ¿Cómo iba a dirigir una mujer un club de fútbol en España? La respuesta fue rápida y sorprendente y llevaba el nombre de Amelia del Castillo, una joven que amaba este deporte y que buscó cualquier vía para formar parte de él. Era su pasión y quiso luchar hasta el final, por muy descabellado que les pareciera a los que la rodeaban. No pensó nunca en las posibles consecuencias, o al menos las supo ignorar, y su fuerte poder de decisión la llevó a ser una de las grandes precursoras de la presencia de la mujer española en los despachos del fútbol.

Todo ocurrió de manera fugaz. Amelia consiguió asistir como oyente a las clases para entrenadores de la Federación. «Imaginad, en los años sesenta, en un pueblo de apenas 2.500 habitantes... ¡Menos bonita me llamaban de todo! Igual me cambiaban de sexo que me llamaban "fulanilla". Las madres de mis amigas les prohibieron que hablaran conmigo. Era la oveja negra de Pinto», cuenta.

Amelia ya había hecho sus pinitos como entrenadora a los dieciocho años, cuando organizó un equipo para un torneo regional. En ese momento dio vida al club que más tarde fundaría y federaría ella misma: el Flecha de Pinto. Ocurrió en el otoño de 1963, y fue el comienzo de una batalla en la que golpeó muchas puertas para pedir ayuda y para que, sobre todo, se la escuchara. Era una mujer muy joven en el ámbito más masculinizado de la sociedad: el fútbol. Pero no le importó. Se sentía observada, pero ella siguió a lo suyo. Mientras, escribió tantas cartas a presidentes, federaciones..., que sería imposible citarlas todas. Al ser la primera mujer que presidía un club, muchos la recibían con curiosidad. Todos querían saber cómo era la chica que andaba desafiando las reglas no escritas de una sociedad profundamente machista. Lejos de amedrentarse, Amelia se aprovechó de la atención que se le daba para hacer crecer su recién nacido club.

En esto destacó el gran fruto que obtuvo de la misiva que envió al que era entonces presidente del Atlético de Madrid, Vicente Calderón. El mandatario rojiblanco la recibió en su despacho con cercanía, lo cual dio paso a una gran amistad, y se convirtió en su «padre deportivo». Y no solo lo hizo con un gran respaldo moral, sino que le proporcionó material (camisetas, balones...) para el equipo de Pinto y dejó que el jefe de los servicios médicos de su club, Enrique Ibáñez, atendiera a los lesionados. La ayuda fue tal que ella, colchonera desde la cuna, se sintió siempre en deuda con Calderón y decidió agradecerle su gran apoyo cambiando el nombre del club, que pasó de llamarse Flecha de Pinto a ser el Atlético de Pinto.

Mientras tanto, el coraje que atesoraba esta joven también llenaba las páginas de los periódicos nacionales e internacionales; incluso algún medio de Estados Unidos vino a España a entrevistarla. Su caso fue tan mediático como fructífero, y acaparó la ayuda de otras entidades (Federación, Real Madrid...). Lo cierto es que se sentía querida en el fútbol madrileño y en el deporte español, que la condecoró con la Medalla al Mérito Deportivo del Consejo Superior de Deportes en 1973. El cariño y el respeto mitigaron el ruido de todos los insultos y las barreras que le seguía poniendo la sociedad.

La fama de Amelia levantó admiración y rechazo a partes iguales. No era del gusto de muchos, que veían su presencia como una invasión hostil. Molestaba mucho, y eso la obligó a tener que elegir entre renunciar a su puesto o poner en juego el futuro de su querido club. Tomó la decisión después de una llamada del alcalde de Pinto. «El fútbol no es cosa de mujeres», le dijo, tras pedir su dimisión bajo la amenaza de crear un equipo paralelo con financiación pública para que le hiciera sombra.

«Nunca quise ser protagonista y me retiré», asegura Amelia, que se alejó de todo durante décadas. Sin embargo, un buen día del año 2000 recibió una noticia que volvió a avivar esa llama futbolera que nunca murió en ella. «El campo del Atlético de Pinto se llamará Amelia del Castillo», le dijeron, después de que se aprobara por unanimidad el cambio de nombre tras una recogida masiva de firmas. ¡Menuda sorpresa se llevó Amelia! Por fin su valía se veía recompensada. Ahora es presidenta de honor del club, y será para siempre la gran alma de este Atlético de Pinto, al que levantó e hizo fuerte ante las adversidades. Las entrañas del estadio que lleva su nombre rezan: «Hemos nacido de una mujer y por eso llevamos coraza de campeones».

Brandi Chastain

1968, San José, California, Estados Unidos

10 de julio de 1999. El Rose Bowl de Pasadena (California) vibra como pocas veces se recuerda en la final del Mundial femenino. Más de noventa mil aficionados aguardan el último y decisivo disparo en la tanda de penaltis en la que Estados Unidos puede imponerse a China. Tensión, emoción y un instante de silencio. Brandi Chastain se prepara para lanzar desde los once metros. Dos países la observan con inquietud. «No mires a la portera», se dice a sí misma. La concentración es máxima. Tres zancadas, un chut y el balón se cuela por la escuadra izquierda de la meta que protege la china Gao Hong. La euforia se desata, y con ella llega algo extraordinario.

Con la pelota bajo la red comenzó una de las celebraciones más famosas de la historia del fútbol y del deporte en general. El estadio norteamericano, que celebraba con alegría la victoria mundial de su selección, albergó un instante único, un momento que ha quedado grabado para siempre en la retina de todos los espectadores, los que estaban allí presentes, los cuarenta millones que lo vieron por televisión y todos los que lo hicieron *a posteriori*.

La goleadora, que jugaba normalmente de defensa o de centrocampista, se quitó la camiseta, la alzó al viento moviéndola en círculos e hincó las rodillas en el suelo con los brazos hacia arriba. Su torso, con un top deportivo, y una expresión de gran júbilo sorprendieron a todos y calaron muy hondo en muchas mujeres. Era la imagen triunfal de un país, pero también la de una categoría que se liberaba y pedía paso. «El fútbol femenino nunca más será anónimo», dijo la jugadora con la medalla de oro colgada al cuello, y predijo con gran acierto el futuro de esta categoría.

Su figura festejando el gol logró conquistar a toda una generación de niñas que se sumaron a la ola del fútbol femenino, la práctica del cual aumentó de manera casi inmediata en Estados Unidos. Brandi se convirtió en todo un icono sin

quererlo. Su victoriosa estampa dio la vuelta al mundo y rompió muchos moldes y estereotipos. La estadounidense protagonizó un alto en el camino para gritar al planeta que la mujer debía ser libre sobre el terreno de juego, tal y como lo era el hombre. «El hecho de que se quitara la camiseta tras marcar el gol me marcó. Quería ser campeona del mundo», confesó en el documental «This is Football», de Amazon Prime Video, Homare Sawa, rival china en la famosa final.

Aquella fotografía o celebración fue más allá. El valor social fue desmedido. La californiana fue portada de revistas como *Sports Illustrated* o *Time* e incluso, años más tarde, su celebración fue representada en una estatua en el estadio Rose Bowl. Sin apenas darse cuenta, Chastain causó un punto de inflexión en esta categoría, que encontró su cuna en Estados Unidos y que logró un gran impulso tras aquel gesto irrepetible. Y es que la actual potencia mundial del fútbol femenino, con cuatro Mundiales (1991, 1999, 2015 y 2019) y cuatro oros olímpicos (1996, 2004, 2008 y 2012), se encontraba entonces en sus primeros avances, en una situación en la que se pasó del tímido crecimiento a las grandes zancadas hacia una paridad que aún se persigue en la actualidad, con reivindicaciones como la igualdad salarial. Es la historia de un éxito que tuvo su inicio en la generación que lideró Chastain, cuya celebración supuso el momento culmen para la mujer estadounidense en el fútbol femenino.

Ella y sus coetáneas no lo tuvieron nada fácil para formar parte de este deporte. Brandi, que nació en San José, siempre tuvo claro que quería dedicar su vida a patear el balón, y nadie pudo quitarle esa idea de la cabeza, aunque sus allegados trataron de hacerlo. «¿Por qué practicas ese deporte de inmigrantes?», asegura que le preguntaban. Ella respondía en el campo, desde el que lanzaba otro interrogante: «Si un hombre puede ganarse la vida jugando al fútbol, ¿por qué no puede hacerlo una mujer?».

La respuesta se hallaba en una desigualdad muy patente en la sociedad estadounidense y también en la mundial, que seguía mirando a la mujer futbolista por encima del hombro. Esta actitud se evidenciaba en la falta de oportunidades y de equipos para ellas. Afortunadamente, Chastain logró encontrar un lugar en el que explotar su amor por el fútbol. Primero brilló con el equipo de su instituto, el Archbishop Mitty High School. Luego jugó en el equipo de la

Universidad de California-Berkeley y en el de la Universidad de Santa Clara, dos etapas entre las que tuvo que pasar por el quirófano para someterse a una cirugía reconstructiva en ambas rodillas.

El infierno de la lesión la dejó fuera de juego durante las temporadas de 1987 y 1988 y la persiguió en algunos momentos de su carrera, pero ella siempre luchó por volver a los terrenos de juego al mismo nivel. Lo consiguió y terminó siendo una de las jugadoras más determinantes para el equipo de Estados Unidos, con el que ganó dos Mundiales, dos oros y una plata olímpica, y con el que participó en 192 partidos y anotó 30 tantos. También pasó por equipos profesionales como el San Jose CyberRays, equipo del que siempre fue aficionada, el FC Gold Pride y el California Storm. Su trayectoria concluyó en 2004, cuando anunció su retirada.

Chastain, que ahora es miembro del *staff* del equipo femenino de la Universidad de Santa Clara, sigue muy ligada al fútbol femenino y participa en charlas y eventos con el objetivo de dar aliento a todas las niñas que quieran labrarse una carrera en el allí conocido como *soccer*, y lo hace siendo toda una referente.

En el recuerdo siempre quedará su inspiradora imagen al celebrar aquel penalti, un momento simbólico que no pudo librarse de la polémica. Muchos acusaron a la futbolista de querer promocionar la marca del sujetador deportivo, pese a que su símbolo era pequeño y apenas se distinguía. «Fue una locura momentánea, nada más y nada menos», se defendió Chastain. Es más, llegaron a ofrecerle cientos de miles de dólares por aquel top y Brandi nunca quiso venderlo.

Hubo quien consideró inapropiado el gesto, tan común y poco criticado en el fútbol masculino, pero la exjugadora contó que el sujetador está enmarcado y colgado en la pared de su casa, donde lo ve cada día. «Nunca quise deshacerme de él. Quizá le deje ese legado a mi hijo», confesó recientemente Chastain, que volvió a reivindicar el trasfondo de aquella imagen en su libro *It's Not About the Bra* («No se trata del sujetador»). Estas palabras invitan a reflexionar sobre los tabúes en este deporte y añaden valor a una celebración que pasó a formar parte de los anales de la historia del fútbol.

Mia Hamm

1972, Selma, Alabama, Estados Unidos

«Oye, Mia, ¿quieres jugar?», resonaba una y otra vez en su cabeza mientras recogía los balones que saltaban fuera del campo. Apenas tenía cinco años, y su padre, piloto de las Fuerzas Aéreas de Estados Unidos y entrenador del equipo, quería ser paciente. Su querida recogepelotas tenía toda una vida por delante, pensaba él, a pesar de que ella no hacía otra cosa que desear el balón.

Esta ansia se transformaría en éxito décadas después. Con dos medallas de oro en los Juegos Olímpicos (Atlanta en 1994 y Atenas en 2004) y dos Mundiales (China en 1991 y Estados Unidos en 1999), Mia alcanzó el pedestal futbolístico entre finales de los noventa y principios de la década del 2000. En aquellos años fue nombrada por la Federación Internacional de Fútbol Asociación (FIFA) mejor jugadora en dos ocasiones (2001 y 2002) y poco después, en 2013, su nombre lucía en el Salón de la Fama del Fútbol Internacional (Pachuca, México), en el que fue la primera representante femenina.

La niña que miraba cómo su hermano y su hermana mayores jugaban en el equipo de su padre tenía talante de estrella. Y pronto empezó a brillar. Su padre le dio paso, en el que puede que fuese uno de los momentos más felices de su vida, y la situación se repitió en incontables ocasiones. No solo se ganó un puesto en el equipo, sino que pronto empezó a pedir paso en otros muchos; su precoz destreza parecía venir de una vida anterior. Aunque a Mia solo le hizo falta una oportunidad para deslumbrar; tenía algo especial, algo que cautivaba a todos los privilegiados que contemplaban por un momento su fútbol, que había empezado a practicar de manera habitual en el equipo del instituto. Poco a poco se fue abriendo hueco en este deporte.

Con su llegada a la Universidad de Carolina del Norte, en Chapel Hill, Mia dio un gran salto futbolístico y comenzó a creer en la posibilidad de vivir por y para el balón. Le sobraban los motivos para hacerlo. Fue entonces cuando comen-

MIA HAMM

zaron a llamarla la «Jordan» del fútbol, una comparación justificada, puesto que el jugador de baloncesto también pasó por aquella universidad y, al igual que ocurría con él, Hamm sobresalía por encima del resto en la cancha. Era una de esas deportistas que ganan por inercia.

Pese a su popularidad, Mia mantuvo los pies en el suelo y se graduó en Ciencias Políticas, porque mucho debía mejorar la situación y la sociedad para que una mujer pudiera ganarse el pan con el fútbol en Estados Unidos. Pero ese cambio llegó... a la velocidad que Mia Hamm y sus compañeras marcaron. La misma celeridad con la que la ahora exjugadora irrumpió en la selección de su país con apenas quince años para formar parte de ella durante diecisiete años, en los que marcó 158 goles.

En todos esos momentos, compaginados con experiencias con los colores de equipos como el Notre Dame Knights, el Lake Braddock Bruins, el North Carolina Tar Heels o el Washington Freedom, Mia sorteó obstáculos al son del balón, e incluso desvió la atención de la dificultad física que sufría: un pie equinovaro. Este problema congénito la obligó a jugar con un calzado ortopédico correctivo, pero esto nunca fue una excusa para ella; al contrario. Nadie se percató, ya que lo enmascaraba con una gran habilidad y mucha velocidad sobre el verde.

Así, Mia dejó de ser aquella niña que recogía pelotas en el equipo de su padre para ser una estrella del *soccer*. Su imagen comenzó a ser única: tenía un carisma inalcanzable para cualquiera. Por primera vez las grandes marcas apostaron por el fútbol femenino para anunciarse en televisión. O, mejor dicho, pujaron por ella. De hecho, en 1997 se produjo un suceso extraordinario cuando Nike decidió poner el nombre de Mia Hamm a uno de sus edificios en Estados Unidos.

Este acontecimiento no fue aislado. La de Alabama protagonizó campañas de publicidad de grandes marcas estadounidenses e internacionales, e incluso lo hizo acompañada de grandes ídolos del deporte como Michael Jordan. Era la visibilidad que necesitaba un deporte que carecía de focos, de imágenes en las pantallas, que habían estado apagadas para el fútbol femenino durante largos años. No pudieron ignorar a Mia Hamm ni una imagen que conmovió conciencias e ilusiones en Estados Unidos y en el resto del planeta.

Con el primer patrocinio firmado por una futbolista en el mundo, Mia quebrantó una línea que había sido cruel con sus homólogas décadas atrás. El contrato con Nike supuso un antes y un después, y aquello no fue un acto de caridad de la marca de equipamiento deportivo. El hecho de que apostaran por ella y bautizaran uno de sus centros con su nombre no se debió al azar o a la suerte. La razón se hallaba en una gran admiración de, entre otros, uno de los fundadores de esta multinacional, Phil Knight. «Michael Jordan, Tiger Woods y Mia Hamm son los tres deportistas que han agregado una nueva dimensión a sus deportes», dijo el empresario después de que la jugadora causara sensación en las Olimpiadas de 1996. Knight no estaba solo con esta afirmación, también respaldada por el lanzamiento del primer videojuego protagonizado por una jugadora de fútbol (el *Mia Hamm Soccer 64* para Nintendo) o de una Barbie personalizada con su imagen.

La exfutbolista norteamericana llenó a las más pequeñas de ilusiones y fue la gran referente de una generación de jugadoras que hoy brillan en todos los rincones del planeta. En este libro mencionamos a algunas de ellas. Y es que Mia, que ahora es entrenadora, dejó una estela que hoy persiguen las Rapinoe, las Morgan... La niña de Selma pasó a ser la gran abanderada del fútbol femenino estadounidense y mundial. No es que fuese la única a la que admirar, sino que fue la primera que consiguió que su voz se difundiera.

Mia Hamm fue inimitable, incluso en su personalidad humilde y generosa. «Solo soy futbolista. No he liberado esclavos ni he cambiado el mundo. Simplemente juego al fútbol y disfruto de mi éxito», decía cuando le preguntaban por su fama, que no ha dudado en usar en beneficio del fútbol femenino, al que sigue muy ligada desde su retirada en 2004.

También lidera su propia fundación, que, por una parte, recauda fondos para familias que esperan trasplantes de médula ósea o de sangre de cordón umbilical y, por otra, ayuda a jóvenes mujeres deportistas. Fundó esta organización en memoria de uno de sus hermanos, Garrett, que murió a los veintiocho años a causa de una rara enfermedad en la médula ósea, un golpe muy duro del que Mia se ha recuperado gracias a la gran motivación de evitar el sufrimiento a otras familias. La empuja su hermano, de quien tomó el nombre uno de sus tres hijos y que le dio alas cuando empezaba a jugar al fútbol en los campos de Alabama. Por él y para el fútbol femenino, Mia es eterna.

Honey Thaljieh

1984, Belén, Palestina

Cambió las armas por los balones; la guerra, por el fútbol. Y así fue como Honey Thaljieh se convirtió en una soldado más por la igualdad. No le faltó valentía para hacerlo; sí que le sobraban los motivos. «Soy palestina, árabe, cristiana, mujer y juego al fútbol», se describe siempre en sus intervenciones públicas. Cinco identidades que han representado una cárcel constante y que pronto se convirtieron en el quid de su vida.

La opresión ha sido una acompañante más en el viaje que ha emprendido hasta nuestros días. Desde el hecho de formar parte de un pueblo, Palestina, que vive en una tensión política constante, hasta su condición de mujer y cristiana en una sociedad musulmana y muy patriarcal. Tal combustión solo le dejaba a Honey la opción de luchar para ser libre, y en esa batalla tomó como refugio el fútbol. Aun siendo muy joven, Thaljieh se propuso golear a la injusticia social y dar felicidad a aquellas mujeres que están obligadas a vivir silenciadas. Lo hizo con la convicción de que la pelota puede actuar como agente de cambio. En esta transformación debía colocarse la primera piedra en medio de la devastadora guerra con la que convivió durante su infancia, un conflicto en el que la mujer sufría el doble, con menos derechos y libertades.

Honey, que nació en Belén, no tenía juguetes con los que pasar el tiempo después del colegio para evadirse de los enfrentamientos callejeros y del odio constante.

Era una de las muchas niñas que vivían la Navidad o los cumpleaños sin regalos; una de las tantas a las que se les aseguraba que su único futuro era casarse y tener hijos. Pero entonces apareció en su vida un viejo balón de fútbol. El destino quiso que así fuera, y años más tarde se entendería muy bien el porqué. La pelota buscó a Honey, la encontró y se fundió con ella, en una unión que derribó y sigue derribando barreras.

Y todo ello acompañado de un gigantesco sacrificio de esta valiente palestina, que primero tuvo que convencer a los niños de su vecindario para que la dejaran jugar en aquellos partidillos callejeros en los que todo valía menos ser niña. No le resultó difícil, pues tenía una destreza y un talento que le corrían por las venas mucho antes de que ella misma fuera consciente de ello. Honey alzó la pelota al viento, la controló y empezó a moverse con habilidad. La prueba dejaba más que claro su potencial: jugaba mejor que muchos de ellos. Todo lo que sabía lo había aprendido en la soledad de los primeros toques de balón en las estrechas y antiguas calles de la ciudad de Belén.

Su entorno se negó en redondo a que continuara con esa práctica. No obstante, Honey estaba cansada de muros, de sueños truncados, de vivir en una tierra manchada de sangre en medio de la intifada de los palestinos ante Israel. Esta revolución en su tierra le hizo saborear la crueldad y la violencia en primera persona. Los soldados asaltaron su casa en multitud de ocasiones, la comida y la bebida muchos días escaseaban durante el aislamiento israelí, los fallecidos se convirtieron en conocidos y en familiares... En general, la vida era demasiado complicada para preocuparse por lo que dirían los demás por dar una patada a un balón.

En aquellos momentos la pelota se convirtió en la única sonrisa que invadía las calles de su ciudad. Esto hizo que Honey se diese cuenta del gran poder anímico y social que tiene el fútbol. Merecía mucho la pena dar la cara por él. Incluso el arduo rechazo de algunos por el hecho de que las mujeres lo practicasen dejaba entrever el miedo que existía a que la mujer pudiera empoderarse a través de este deporte. Honey fue un ejemplo de ello.

La pelota le dio fuerzas en una vida en la que encontró otra señal que la guio hacia su cometido en el fútbol. Fue un día cualquiera, mientras caminaba por la Universidad de Belén para asistir a una clase. Y allí estaba: un cartel en el que se leía que buscaban jugadoras para formar un equipo de fútbol femenino. Fue una señal que hizo que mirase el futuro con la esperanza de una mayor igualdad.

Thaljieh fue la primera en interesarse de manera formal por aquel mensaje, y tuvo que ingeniárselas para reclutar a más compañeras. Con un simple «hagámoslo», Honey peleó para fundar la primera selección de fútbol femenino de Palestina. Y, aunque las palabras hagan sencilla su gesta, lo cierto es que ella y sus compañeras se enfrentaron a un exorbitante muro en el que tuvieron que picar duro durante dos años hasta alcanzar su meta. Su sudor tuvo recompensa en 2005, cuando la federación dio luz verde a la selección femenina. Aquel grupo de pioneras, liderado y capitaneado por Honey, jugó su primer partido internacional contra Jordania, fundó la primera liga femenina y disputó varios torneos.

También celebraron su primer encuentro internacional en casa, con Cisjordania como sede y repitiendo rival con Jordania. Aquella cita fue histórica. Catorce mil espectadores acudieron entre la sorpresa y la admiración a las gradas de un partido en el que la mujer palestina gritaba: «¡Basta!». Muchas fueron las que sintieron un aura de esperanza en este momento tan simbólico, en el que Thaljieh se cruzó con el infortunio de una lesión. Lo vivió desde la grada con emoción e incluso saltó al campo para jugar los últimos minutos. No podía faltar en aquella foto.

El calvario de las lesiones no desapareció de la carrera de Honey, aquejada de varias dolencias que la obligaron a retirarse. La palestina colgó las botas en 2009, pero nunca se separó del fútbol. Ella misma confía en que las cosas ocurren por algo, en que el destino le tenía preparada una tarea más valiosa, alejada de los terrenos de juego. Y así ha sido. La niña que empezó jugando en las calles de Belén con seis años pasó a ser en 2012 la primera mujer de Oriente Próximo en obtener un máster de la FIFA. En la máxima entidad del fútbol mundial es también miembro y fundadora de la Conferencia para la Igualdad y la Inclusión. Thaljieh logró dar el salto tras haber llamado a muchas puertas y haber conseguido que la pelota llevase la felicidad a muchas mujeres.

Ahora Honey desarrolla labores de comunicación en la FIFA y sigue ligada a proyectos sociales. Entiende el balón como una oportunidad para construir puentes y acabar con enemistades y, sobre todo, para devolver la ilusión a sociedades en las que la guerra ha acabado con casi todo. Es su gran lucha, y no se cansa por muchas bombas o armas que haya. Thaljieh ha cambiado el destino de muchas mujeres y quiere seguir haciéndolo. Su sonrisa ilumina el camino. Su balón nunca se detiene.

Fara Williams

1984, Londres, Reino Unido

De noche sufría en la calle. De día causaba admiración en el campo. Así vivió Fara Williams durante siete años en los que todo era mucho más complicado que lo que su fútbol mostraba en el verde. Tanto era así que pocos podían imaginar que aquella jugadora no tenía un techo bajo el que vivir. Su historia transcurría como una montaña rusa que se paraba cada vez que corría con el balón en los pies. En ese instante era una más. Se sentía cómoda y segura y olvidaba todos sus tormentos, si bien los problemas volvían a aparecer cuando se quitaba las botas.

Fara nació en una familia desestructurada y prácticamente la criaron sus abuelos. Primero tuvo problemas con su padre y luego con su padrastro, por lo que abandonó la casa de su madre en el barrio londinense de Battersea tras una fuerte discusión familiar. El foco de la disputa se hallaba en unas botas de fútbol. ¡Ay, el fútbol, qué gran vehemencia levantó en ella! Su tía, con la que no se llevaba bien y que hacía poco tiempo que había empezado a vivir allí, le recriminó el dinero que se había gastado en esas zapatillas. La familia tenía problemas económicos y las botas no eran una prioridad. O al menos no para todos.

Aquella conversación acabó mal, muy mal. Y Williams, incomprendida en su pasión, decidió abandonar su hogar con rumbo a... la calle. Tenía diecisiete años y ningún plan. Sin embargo, en medio de las frías y oscuras noches de Londres encontró una cuerda a la que agarrarse para sobrevivir: el fútbol. Este deporte pasó a ser su hogar, su gran lugar en el mundo, aunque conseguir transformar sus fantasías futboleras en realidad tuvo un precio muy alto, sobre todo teniendo en cuenta la tesitura en la que se encontraba. Era una sintecho de noche y una gran jugadora durante el día.

«La mayoría de las personas que están en estas circunstancias no tienen nada. Yo tenía el fútbol. Sabía que era buena en algo y ese sentimiento es increíble,

puede con todo», explicó en una entrevista publicada en *The Guardian*. Fara simulaba estar loca —emitía sonidos y andaba de manera extraña— para protegerse de cualquier peligro en la calle. «La primera noche fue horrible. Tenía mucho miedo», confesó.

Su atormentada vida quedaba atrás cuando ponía un pie en el campo de fútbol, donde pronto empezó a destacar por su gran calidad y su entrega. Sin ir más lejos, el mismo año que se quedó sin hogar Williams debutó con la selección absoluta de Inglaterra, en la que años después se convirtió en la futbolista con más internacionalidades (172 partidos). Fara se puso aquella camiseta con la idea de no soltarla nunca y caminó con esa ilusión por cuatro Eurocopas, tres Mundiales y unos Juegos Olímpicos.

Su éxito aumentaba a la vez que se hacía cada vez más difícil esconder sus problemas. No quería que sintieran pena por ella o que sus compañeras la juzgaran por su situación, pero no hay secretos que el tiempo no revele y Fara no pudo esconder su difícil vida detrás del fútbol durante mucho más tiempo. Una de las primeras personas que descubrió las condiciones en que vivía fue Rachel Brown, con la que compartía habitación durante los viajes de la selección y en la que encontró un gran apoyo.

También Hope Powell, su entrenadora en el equipo inglés sub-19. Esta llevaba mucho tiempo sospechando que algo no iba bien y un buen día, después de una concentración, encontró la respuesta: todas las jugadoras se marcharon a casa menos Fara, que se quedó inmóvil en la puerta del hotel. «¿Dónde vas?», le preguntó Hope. «No lo sé…», respondió Williams, que pedía ayuda en silencio. Powell no se quedó de brazos cruzados y consiguió que Fara entrara en la unidad de personas sin hogar en King's Cross, un lugar que se sumó a la larga lista de albergues por los que pasó esos años.

Entre tanto, Williams siguió creciendo en el fútbol. Varios años después de empezar a vivir en la calle pasó de jugar en el Charlton Athletic, al que llegó tras iniciarse en el Chelsea, a formar parte del Everton, uno de los clubes más importantes del país. En ese mismo momento este deporte dio un vuelco a su vida. En su nuevo equipo, Fara se topó con otra salvadora, una persona que le dio una nueva oportunidad en medio de aquella espiral en la que andaba sumida: Mo Marley, entrenadora del Everton, le consiguió un empleo en la FA.

El hecho de trabajar la ayudó a asentarse en el fútbol y a ahuyentar los terrores de la calle. Fara empezó a vivir con normalidad y poco a poco su carrera como futbolista fue tomando impulso. En el Everton ganó sus primeros títulos y dio el gran salto profesional que la llevó a ser una estrella del fútbol. Esta trayectoria se vio frustrada por un problema de salud que la obligó a retirarse con treinta y siete años. Ocurrió después de tener que pasar por el quirófano para solucionar unas dificultades surgidas tras una lesión en el muslo. Le diagnosticaron entonces un síndrome nefrótico (un tipo de trastorno renal) tras advertir hinchazón en las manos, las piernas y la cara durante el proceso de rehabilitación. Esta afección, cuyos efectos y tratamiento la obligaron a colgar las botas, trajo consigo graves problemas de salud mental, como una depresión. Un golpe más del que Fara se volvió a levantar gracias al fútbol.

La exjugadora sigue muy ligada a este deporte (como entrenadora, comentarista…) tras una carrera en la que se ha mostrado muy comprometida con las causas benéficas. Williams logró reconstruir su vida gracias al balón, e incluso este la ayudó a reconciliarse con su madre después de nueve años separadas. Sucedió durante la fase de clasificación para el Mundial en 2011, en la que Fara anotó un gol decisivo para Inglaterra. Después del partido, el teléfono de la exjugadora, que dos años antes había borrado un mensaje de su madre sin abrirlo, se llenó de felicitaciones. Pero entre todas ellas había una muy especial: «Gracias por lograrlo y por la "celebración". Marcaste en el minuto 50. Es el mismo número de años que he cumplido hace dos días. Te quiero». Era un mensaje de su madre. Era el momento de volver a encontrarse con ella.

Ahora ve la huida de su hogar desde otra perspectiva. «Mi tozudez y mi sed de libertad eran enormes. De lo contrario, tal vez habría vuelto a tomar las riendas de mi vida mucho antes», reveló a la FIFA Fara, que se ha convertido en un símbolo de resiliencia en el fútbol femenino inglés. La exjugadora quiere ser un ejemplo para todos los jóvenes sin hogar y darles aliento para que nunca abandonen sus sueños. El suyo fue el fútbol y se hizo realidad, por muchas noches oscuras que pasara en la calle.

Megan Rapinoe

1985, Redding, California, Estados Unidos

Megan siempre fue una niña rebelde. O, más bien, impulsiva. Su vida siempre ha estado llena de arrebatos del tipo de tintarse el pelo de rosa antes de jugar un gran torneo de fútbol. Tiene una personalidad única. Durante su infancia incluso tuvo problemas para controlar sus emociones: tenía un temperamento fuerte, y no fue fácil darle luz a la figura que hoy se alza como un gran icono del fútbol mundial.

De la timidez de la guardería, donde su hermana gemela, Rachael, llevaba la voz cantante, pasó al descaro y al atrevimiento del colegio y las etapas posteriores, ignorando las opiniones de quienes la consideraban distinta (vestía como un chico, llevaba el pelo corto...). Era decidida e inconformista, aunque le costó mucho decir lo que pensaba de ella, del fútbol y del mundo. El tiempo le hizo comprender su contexto, con un *soccer* femenino en pleno auge y una sociedad que avanzaba en derechos sociales, y Megan pronto interiorizó que tenía una causa, o varias.

Primero lo hizo con el movimiento LGTBI, tras descubrir que era homosexual. Luego tomó protagonismo en campañas contra el sexismo y el machismo en el deporte: la igualdad salarial, la falta de oportunidades... Por último, se sumó a la lucha contra el racismo, entre otras. En todas estas batallas partió siempre de la idea de que era una privilegiada. Ser blanca y estadounidense la hacía más proclive al éxito, aunque sabía que no lo habría alcanzado sin esfuerzo.

Pese a su afortunado estatus, la futbolista siempre ha defendido que no se sentirá plenamente libre hasta que todo el mundo lo sea. Con este argumento llegó a aquel partido de liga en Chicago en el que hincó la rodilla en el suelo mientras sonaba el himno de Estados Unidos como protesta contra el racismo. Era el 4 de septiembre de 2016. La futbolista del Seattle Reading y estrella de la selección estadounidense, con la que venía de ganar su primer Mundial en

USA
15

Canadá en 2015, no dudó en seguir los pasos de Colin Kaepernick, *quarterback* de los 49ers de San Francisco, que había hecho lo mismo unos días antes.

Sabía que a él lo habían abucheado y lo habían llamado «antipatriótico» por aquel gesto, pero Megan asumió el riesgo; solo quería que el tema fuese objeto de debate político. De hecho, ni siquiera reflexionó sobre cómo afectaría a su exitosa carrera deportiva. Para ella, hacerlo era más un imperativo que una elección. A sus treinta y un años, la estrella del *soccer* norteamericano había hablado de más en muchas ocasiones, pero nunca había obtenido un revuelo tan agresivo como aquel.

Pinoe, como también se la conoce, se marchó del campo tranquila. Y, aunque su agente la avisó antes de irse a la cama de que algo no iba bien, durmió plácidamente. Aunque no pudo negar que al despertarse se sintió atemorizada por la controversia que se había generado, neutralizó el miedo con la convicción de que estaba actuando correctamente. «Cuando les dije a los periodistas que me había arrodillado para llamar la atención sobre la supremacía blanca y la brutalidad policial, mucha gente blanca se lo tomó de manera increíblemente personal. Me pareció extraño», destacó la jugadora, a la que tacharon de faltar al respeto hasta al Ejército por aquello.

«Soy una estadounidense lesbiana y sé lo que significa mirar la bandera y no sentirse respaldada por sus libertades», justificó Megan, que repitió el gesto en el siguiente partido que jugó en Maryland. La polémica se acentuó. Incluso el presidente del siguiente club al que se enfrentó adelantó el himno para que sonara mientras ella seguía en el vestuario. A la controversia se sumaron las llamadas de toda su familia. Su madre le contó que los dueños del bar donde trabajaba habían retirado sus fotos por las quejas de los clientes. Sus hermanos, su tía..., todos estaban consternados. La presión mediática golpeó con fuerza su puerta, pero Megan resistió, y lo hizo pese a que arrodillarse estuvo a punto de costarle la carrera: fue aislada de la selección durante 2016 y parte de 2017.

Fue duro, pero finalmente volvió a lucir la camiseta de las barras y las estrellas. Sin embargo, no dejó de protestar por lo que consideraba injusto. No lo había hecho al confesar años atrás su homosexualidad —fue la única del equipo en hacerlo—, y su compromiso social era tan grande como sus ganas de triunfar en el fútbol. En ambos campos se convirtió en invencible, como ya lo era en sus primeros toques futbolísticos junto con su hermana Rachael. Ambas crecieron con el deporte en la humilde y bulliciosa casa donde se criaron en Palo Cedro, una población semirrural al este de Redding, en la que vivían sus padres, cinco hermanos, una tía y su abuelo. Su niñez transcurrió entre balones (de baloncesto, de fútbol...) y, aunque entre sus antepasados no había ninguna mujer deportista, tanto Megan como Rachael apuntaban a ello. Solo la primera lo consiguió a gran escala, pero las dos han seguido unidas en este deporte y fundaron una escuela de fútbol femenino para niñas.

Con su hermano Brian como gran inspiración —era mayor que ellas y el único que jugaba al fútbol—, las gemelas Rapinoe sobresalieron pronto en este deporte. «Algún día jugarán un Mundial», les decían los entrenadores a sus padres, que nunca las empujaron a ello. Era algo que les salía de forma natural, un gen que pudo derribar incluso la ausencia de equipos femeninos cuando se abrieron hueco en el club masculino del colegio. Rachael también era una buena jugadora, pero no tanto como Megan, que alcanzó su punto álgido en el Mundial de Francia de 2019.

Asentada de nuevo en la selección, la centrocampista llegó a esta cita con dos objetivos claros: levantar su segunda Copa del Mundo y utilizar el torneo como altavoz contra las desigualdades. Terminó cumpliéndolos y creando un impacto sin precedentes: todo el mundo hablaba de ella. No hincó la rodilla en el suelo, pero se negó a corear el himno y a ir a la Casa Blanca con Trump, entonces presidente, para la celebración.

Sin embargo, no solo causó furor por sus discursos sociales. A sus treinta y cuatro años, la jugadora brilló como nadie en Francia, donde levantó el título mundialista y fue distinguida con el Balón y la Bota de Oro del torneo. Aquel triunfo se prolongó meses más tarde, cuando fue galardonada con el segundo Balón de Oro femenino de la historia y el premio The Best, otorgado por la FIFA, dos distinciones planetarias que la convirtieron en una leyenda a todos los niveles. Su carisma levantaba pasiones —las camisetas con su nombre batieron récords de ventas— a medida que su juego avanzaba. Una mezcla ideal que ha definido a uno de los grandes símbolos del fútbol mundial: la inigualable Megan Rapinoe.

Alba Palacios

1985, Madrid

Como todos los días, Alba se miró al espejo y siguió sin verse a sí misma. El reflejo se había convertido en su mayor tortura, en un recuerdo constante de que su cuerpo no le correspondía. Se sentía como una extraña atrapada bajo un disfraz. Y es que Alba siempre había habitado la piel de Álvaro, y vivió frustrada por ello gran parte de su vida, conviviendo con el deseo de ser lo que su cuerpo negaba.

Este anhelo pudo hacerse realidad a los treinta y un años, cuando decidió escucharse y dar el gran paso de ser, también físicamente, una mujer. Fue un cambio que vivió con el fútbol como gran compañero de viaje, con la pelota marcando los tiempos de cada pasito que daba. Así, poco a poco, Álvaro se fue apagando para dar más vida a Alba, que se había refugiado en el fútbol muchas veces y que buscaba el gol más importante de su vida. Este deporte era su evasión, su forma de dejar de pensar en el infortunio de haber nacido Álvaro y no Alba. No obstante, el olvido con el balón en los pies era pasajero, tan efímero como el tiempo que tardaba en girar la cabeza y ver a las jugadoras del C. F. Pozuelo en el campo de al lado. En aquel momento se sentía en una prisión.

Estaba ante un golpe de desdicha o, simplemente, un capricho del destino, que le hizo ver en ella la valentía que se necesita para abrir camino para otras. Su caso fue uno de tantos en un mundo en el que ser trans supone aún muchas trabas. Sin embargo, su nombre se convirtió en un icono en 2018, al ser la primera futbolista trans federada a nivel nacional y una de las primeras del mundo en hacerlo. El deporte dio fuerza a su búsqueda de identidad. Alba lanzaba así un aliento para las demás. «¡Sí se puede!», les transmitía a todas las personas trans que no encuentran la salida, la misma que a ella tanto le costó hallar.

Único hijo en una familia repleta de mujeres, Álvaro se cuestionó su identidad desde que tenía apenas cinco años. No estaba a gusto consigo mismo y las dudas

lo inundaban, entre tabúes y estereotipos de género. No era fácil para un niño entender todo aquello, y la palabra *trans* estaba muy tergiversada en la sociedad. Todo se complicaba en su cabeza cuando sus gustos y aficiones se entremezclaban. Le gustaban cosas consideradas «de chicos» (el fútbol, los coches...), pero también otras «de chicas» (la ropa, maquillarse...) y encima se sentía atraído por mujeres. Era trans y homosexual, pero estas dos palabras no aparecieron en su vida hasta años después.

Nadie la ayudó a encontrarlas. Nadie le dijo que ser ambas cosas era una opción. De esta forma, Álvaro y Alba se unieron para ser libres en la figura de una sola mujer. Ella era la razón de todo en una caminata muy empinada. Costó que sus familiares lo entendieran. No todos fueron reacios, pero sí que hubo más de un pero con su decisión. Incluso el fútbol, al que había permanecido amarrada desde que tenía tres años, supuso un problema. La pasión de su vida la hizo sentir incómoda por tener que entrenar un cuerpo que cada vez le producía más rechazo. Esto hizo que Alba se alejara de los terrenos de juego a los veintitrés años, tras debutar en tercera división. Dejó el fútbol sin decir nada, pero con demasiada tristeza y tras tomar una de las decisiones más importantes de su vida: abandonar un equipo, el Pozuelo, con el que había convivido durante una década. No se atrevió a justificar su marcha, puesto que el motivo era complicado de entender en un mundo dominado por el silencio en torno a estos temas.

Cuando estuvo alejada del balón no hubo día en que la madrileña no lo echara de menos. Pero necesitaba tiempo, reunir fuerzas para volver a enfrentarse a un deporte que ella siempre tacha de «muy machista», o para alcanzar su sueño de jugar en el fútbol femenino. Mientras, decidió poner fin al martirio diario de estar encerrada en un cuerpo que no sentía suyo. Fue una angustia que vivió en soledad por el miedo a perder a su familia o a sus amigos. Fue su novia desde los diecisiete años la que le ofreció el respaldo para dar el paso definitivo.

Alba sintió liberación con solo cruzar la puerta de la Unidad de Identidad de Género del Hospital Ramón y Cajal, donde pudo ser ella misma como nunca. Era abril de 2016 y aquello suponía el primer paso para rescatarse a sí misma. Meses después de aquella primera consulta le diagnosticaron una discordancia entre su identidad y su sexo, una mal llamada disforia a la que empezaría a poner fin en 2017, con el inicio de la hormonación el 21 de marzo, fecha que se convertiría en un nuevo cumpleaños para ella.

A partir de ese momento, su cabeza estuvo lista para reencontrarse con la pelota. Alba volvió a los terrenos de juego a los treinta y dos años, con el equipo masculino K-2 de Majadahonda, donde vivió la hormonación en silencio. Solo lo sabía el entrenador, y porque ella se lo confesó al saber que su rendimiento bajaría por el tratamiento. Con el paso del tiempo, Alba se sintió cada vez más indefensa. Las diferencias físicas comenzaron a ser palpables y ella sufría el doble en cada lance del juego debido a que su cuerpo era más vulnerable a los golpes por la hormonación. Sin embargo, siguió persiguiendo su pasión.

El fútbol la arropó como siempre y volvió a ser su bomba de oxígeno. En ese momento se dio cuenta de que su lugar comenzaba a estar, ahora sí, entre mujeres. La hormonación había rebajado en gran medida su testosterona y se veía más que preparada para dar el salto al fútbol femenino. Tanto que se plantó ante David Herrero, entrenador del equipo femenino de Las Rozas C. F. y fue muy clara: «Hola, ¿me aceptáis?». El técnico se guardó la respuesta y esperó hasta consensuarla con el equipo, que le abrió las puertas a Alba.

Empezó a entrenar con el equipo pero no podía jugar los partidos porque aún tenía pendiente el largo trámite para cambiar su DNI, una espera injusta en la que recibió la ayuda de la Comunidad de Madrid y la Real Federación de Fútbol de Madrid, que añadieron a su ficha de Álvaro el nombre de Alba para que pudiera competir. El tiempo de espera se redujo y la jugadora pudo debutar con Las Rozas, siendo la primera trans federada que lo hacía en España.

Era el inicio del nuevo camino de Alba Palacios, que luego pasó por el Samper, el Madrid C. F. F. B —en el que una lesión y la pandemia de la COVID-19 la dejaron sin debutar en primera división— y el Torrelodones. En todos ellos, su fútbol representó el triunfo de una mujer que inspiró y que hizo soñar a muchas otras personas. Sus goles se funden en uno solo por la igualdad, de género o de sexo. Las barreras quedaron atrás. Alba nunca más será Álvaro. Y, con ella, el fútbol femenino ha sumado a una valiente más.

Marta Vieira da Silva

1986, Dois Riachos, Alagoas, Brasil

De Pelé a Marta. Del *Rei* a la *Rainha*. Brasil no duda al ensalzar a sus dos dioses del fútbol; sus historias son únicas e irrepetibles, su fútbol es eterno. Y no solo comparten esta pasión: ambos nacieron pobres, en un mundo en el que escaseaban la comida y las oportunidades, e hicieron que el balón fuera, como otras tantas veces, una vía para salir de esa miseria, una excusa para luchar por sueños forjados en los descampados en los que aprendieron a patear la pelota descalzos.

Las comparaciones entre uno y otro han sido muchas dentro y fuera del país de la samba. Marta nació cuatro décadas después, pero siguió los pasos del más grande. «La Pelé con falda», la llaman algunos, incluido el propio exjugador. Y esa «falda», ese género que los separa, ha hecho que el camino de la aún futbolista sea más complicado. Porque ser mujer fue, junto con la pobreza, su gran obstáculo. «¿Por qué Dios me dio este talento si nadie quiere que juegue?», se preguntaba constantemente. La seis veces nombrada Mejor Jugadora del Mundo creció perseguida por un mal endémico: la desigualdad entre hombres y mujeres. Pero Marta siempre creyó en el cambio, en que el fútbol, como la vida misma, es para todos. Y esto no fue nada fácil. Dio sus primeras patadas al balón en la pequeña localidad de Dois Riachos. Allí se topó tantas veces con el «no» que es difícil explicar cómo esta jugadora ha llegado a lo más alto del fútbol mundial.

Puede que la respuesta se encuentre en su carácter de guerrera. Marta se crio en medio de un entorno duramente golpeado por la mortalidad infantil, debido a una crisis nutricional en los años ochenta. Aquello le hizo forjarse una personalidad de superación que la ha hecho única en los terrenos de juego y también fuera de ellos. Supo ver la felicidad en algo tan simple como un balón; una diversión que le fue rechazada durante mucho tiempo. Pocos querían pasarle la pelota. Nadie se tomaba en serio su fútbol, y cuando la dejaban jugar

era a modo de «castigo», en un equipo con los jugadores más malos del vecindario. Ni siquiera sus hermanos la apoyaron en sus inicios e iban tras ella cada vez que la veían acercarse a este deporte, con persecuciones de las que casi siempre salía airosa. «Era más rápida», recuerda, tras haber sido víctima de una sociedad que seguía criminalizando esta práctica en el género femenino.

Y es que Brasil levantó el veto que prohibía jugar a las mujeres por ser «perjudicial para la fertilidad» siete años antes de que Marta naciera. Sin embargo, aún quedaban muchos resquicios de aquella injusta norma. «Un día me pidió un real para comprar un balón y yo le dije: "¡Tú eres mujer, Marta!"», relata en la biografía de la futbolista, escrita por Diego Graciano, su madre, doña Tereza, a la que su padre abandonó con cuatro hijos cuando Marta era muy pequeña.

La niñez de la hoy genio de nuestro fútbol fue muy complicada. No pudo ir a la escuela hasta los nueve años por falta de recursos de su familia para pagar los libros y la matrícula y, además de aprender a leer por su cuenta, Marta dedicó su tiempo libre a patear la pelota. ¡Menudo disgusto se llevó su madre cuando se enteró!

Ya en el colegio, pudo participar en algunos torneos, respaldada por un profesor de gimnasia, Julio de Freitas, que supo ver un talento innato en aquella niña que destacaba por encima de todos pese a ser menos fuerte. Aquello no sentaba bien ni a rivales, ni a compañeros, ni a los propios aficionados. Marta tuvo que aprender a combinar el balompié con continuos insultos y prejuicios, y se mantuvo firme frente a estos escollos. «No es normal», «Es raro que una niña juegue al fútbol», «¿Por qué la dejas hacer eso?», le decían a su madre.

Con todo en su contra, la actual delantera decidió dejar atrás su vida por el fútbol a la corta edad de catorce años. Fue un gesto revolucionario que también rompía con la inercia de que las niñas y las mujeres solo podían salir de casa para casarse, tener hijos y llevar a cabo tareas domésticas. Marta tenía otro compromiso: el de luchar contra la desigualdad, contra la falta de apoyo, contra todo... Quería ser libre para elegir una dedicación y un futuro. Salir de Dois Riachos era la única opción que le quedaba, con una oportunidad que la esperaba a unos dos mil kilómetros de distancia, en Río de Janeiro. Así, la jugadora se montó sola en un autobús y, después de tres días de travesía, llegó a la gran ciudad para hacer una prueba en el Vasco da Gama, uno de los pocos clubes con sección femenina en Brasil.

Aquel examen bien pudo ser una exhibición: el contrato era suyo antes de que diera tres toques a la pelota. Sin embargo, los problemas no acabaron aquí, ya que el club cerró su sección femenina solo dos años después. Tras esto, Marta deambuló sin rumbo hasta recalar en el Santa Cruz, un club *amateur* al que llegó con las zapatillas rotas y muchas dificultades.

Pero entonces el fútbol y Marta se dieron una segunda oportunidad. La selección brasileña llamó a su puerta para jugar el Mundial de Estados Unidos en 2003 y, aunque la *canarinha* cayó en octavos ante Suecia, aquella cita le sirvió de trampolín. Su calidad, sus regates y su desparpajo captaron la atención del Umea sueco, que la terminó fichando. Fue el principio de una eternidad de fútbol, y sumó sus primeros grandes títulos (incluida la Champions) en un país que se convirtió en su segunda tierra.

Después pasó por distintos clubes: Los Ángeles Sol, Gold Pride, Santos, Western New York Flash, Tyresö, Rosengård y Orlando Pride, donde ahora juega al máximo nivel en la liga estadounidense. Su éxito ha sido enorme en todos ellos. Y nadie, jugador o jugadora, ha marcado tantos goles como ella en los Mundiales: es la única que lo ha hecho en cinco diferentes.

Con el 10 de Pelé a la espalda en la selección brasileña, que lideró en la consecución de dos platas olímpicas en 2008 y 2014, Marta ha enamorado al mundo entero gracias a su fútbol, sus luchas personales y sus reflexiones. «El fútbol femenino depende de vosotras para sobrevivir. Llorad al principio para sonreír al final», les decía entre lágrimas a las niñas brasileñas tras el Mundial de 2019, señalándoles el camino.

Su gran batalla ha tenido frutos incluso en la igualdad salarial en la selección de Brasil, en la que ya luce como leyenda. Décadas más tarde, en su pueblo y en su familia todos se arrepienten de lo que pensaron e hicieron en el pasado. Las mismas personas que decían que no podía jugar ahora aplauden sus éxitos. Por esta lección, por su fútbol, por su pasión y por su gran ejemplo personal, Marta es *A Rainha* de Brasil, pero también del fútbol mundial.

Jade Boho

1986, Valladolid

Cuando la pequeña Jade se quitaba la camiseta para jugar al fútbol al lado de la casa donde se crio durante su infancia no había barreras. O sí: su abuela estaba muy disgustada por aquel simple gesto. Eran otros tiempos, pero Jade ya se desmarcaba con rebeldía. Los niños se quitaban la camiseta por el calor y ella no quería ser diferente. Era una manera de identificarse con ellos en ese fútbol callejero con el que comenzó a adorar la pelota.

La futbolista española de origen ecuatoguineano nunca olvidará aquellas primeras pachangas, como tampoco a su abuela diciéndole que no era un niño y que se pusiera la camiseta. Aunque el asunto no era una cuestión de vestimenta, sino un problema de gran desigualdad y unos cánones sociales muy discriminatorios con la mujer. No era su abuela, sino la sociedad. No era la camiseta, sino el atosigamiento que negaba oportunidades a cualquier niña que quisiera dedicar su vida a aquel deporte.

De familia muy futbolera, Jade nació con el balón bajo el brazo y ha convivido con él durante una vida en la que no existen recuerdos sin el fútbol. Su hermano era portero y desde muy pequeña se quedaba embelesada con su juego, tanto que siempre lo intentó emular. Sin embargo, su naturaleza no estaba bajo los palos de una portería sino frente a ella, marcando goles; siempre fue delantera durante su carrera profesional.

De madre ecuatoguineana —nació en Guinea Ecuatorial cuando aún era colonia española y vino a vivir a España con diez años— y padre español, aquella joven Jade ignoraba entonces que el peso del balón sería mayor para ella que para sus compañeros en la cancha. Con el paso del tiempo, la futbolista empezó a percibir las dificultades que afrontaban las mujeres en este deporte; puede incluso que las descubriera demasiado pronto, por su explosión prematura en los terrenos de juego.

Apenas sumaba trece años y Jade Boho ya competía en el primer equipo femenino del Orcasitas en Madrid, ciudad en la que se asentó toda su familia. A la atacante española no le importó compartir vestuario con compañeras mucho mayores que ella y demostró su valía para dar el salto con dieciséis años al Torrejón, con el que debutó en primera división, y luego al Rayo Vallecano, donde comenzó a ganar títulos (tres ligas seguidas de 2008 a 2011 y una Copa de la Reina en 2008).

Antes de sumar estos trofeos a su palmarés, Jade Boho había tenido la oportunidad de deslumbrar a escala internacional con la selección española sub-19. Con este combinado consiguió, con diecisiete años, ser campeona continental en un Campeonato de Europa Sub-19, en el que anotó un gol en la final ante Alemania. Su éxito la hizo soñar con dar el salto a la absoluta tras haber participado también en el Mundial Sub-19, pero la larga espera se convirtió en una tortura. No hubo debut al máximo nivel con España. Tampoco una explicación para ella, que había esperado siete años la llamada de la Roja. «Tengo una espina clavada porque mis compañeras de la sub-19 tuvieron la oportunidad de poder probar con la absoluta y demostrar si valían. Aun siendo una jugadora clave y titular indiscutible, se me dejó apartada. No sé por qué. Me pasé años esperando una oportunidad y de repente apareció Guinea Ecuatorial», cuenta la delantera, que volvió a sonreír en el país del que parte de su familia había huido décadas atrás por los conflictos políticos. Al tener la doble nacionalidad, Jade Boho pudo conocer de cerca la tierra de sus raíces, y allí germinó más éxitos, después de no poder rechazar la oferta de jugar en 2010.

Con las guineanas fue subcampeona de la Copa de África de 2010, título que sí conseguiría levantar en 2012, y puso rumbo al Mundial de Alemania de 2011 repleta de ilusión. Sin embargo, un nuevo revés golpeó a Jade, que se quedó sin debutar en la Copa del Mundo después de que en la Federación de Guinea se olvidaran de enviar un fax a la FIFA para anunciar que dejaba de ser jugadora de España. La futbolista fue sancionada con 10.000 euros y tres meses sin poder jugar ni entrenar, lo cual supuso un duro golpe para Jade, que cayó en una depresión y que se levantó gracias a su gran fortaleza y al apoyo de su familia y su pareja, Aroa.

Ellos fueron también quienes la empujaron a seguir jugando cuando, años más tarde, el Atlético, al que llegó tras brillar en el Rayo, decidió no renovar su contrato. Pensaba que no podía más, pero venció sus miedos gracias a una resistencia que había forjado en unos inicios llenos de adversidades. Jade se crio sin padre —nunca lo conoció y no se sabe su identidad—, y por ello adquirió los dos apellidos de su madre, Boho Sayo. No obstante, no fue lo único que heredó de ella: también adquirió el gran espíritu luchador que la ha ayudado a sobrevivir en un mundo que no solo le puso impedimentos por su condición femenina.

«Soy mujer, negra —que no morena, porque la gente dice "negra", no "morena"— y futbolista. Era lo peor que te podía pasar. Salía de los partidos llorando por tantos insultos y tanta vejación. Pero, sinceramente, eso me hizo mucho más fuerte. A veces te quedabas pensando: "¿De verdad he oído eso?". Pero aprendes a vivir con ello. Esos fueron mis inicios, aparte de las mil veces que me llamaron "marimacho", etcétera», aseguró la futbolista hispano-ecuatoguineana en una entrevista con Rioja Televisión durante su paso por el Logroño, del que se despidió en el verano de 2021 para jugar en el Servette de la liga suiza.

Al conjunto riojano llegó tras volver a jugar en el Rayo, tener que emigrar al Reading de Inglaterra y regresar a España de la mano del Madrid C. F. F. En todos estos equipos vivió entre goles y un estilo de juego de pura garra, cualidades que hicieron disfrutar al público español durante años. Entre sus dianas destacaron las dos anotadas con el Madrid C. F. F. en el derbi contra el Atlético en el Wanda Metropolitano, un estadio que vivió con sus botas los primeros tantos firmados por una jugadora.

Fue un hito merecido después de toda su entrega sobre el verde, donde Jade es una de esas jugadoras que nunca deja de luchar. También fuera de él, pues ha sido una de las mujeres más activas en la lucha por los derechos de las futbolistas en España.

Los insultos y el rechazo quedaron atrás. Ya no es raro ver a una niña con un balón en la mano y Jade sigue peleando para que sea así para siempre y defendiendo también la igualdad en todos los ámbitos, ya sea de género, de sexualidad, de raza... Porque ella es negra, homosexual y futbolista y con estas tres cualidades, y otras muchas más, se ha convertido en un gran ejemplo para el deporte y para la vida. Jade no es por ello distinta: ¡es ÚNICA!

Vero Boquete

1987, Santiago de Compostela

El balón corría por las antiguas calles de Santiago de Compostela. Tras él, una niña, Vero Boquete, una de las pocas valientes que jugaban al fútbol en la capital gallega. Muchos veían en su afición una hazaña, un desafío a este deporte. Mientras, para ella solo existía la ilusión por un sueño: el de poder llegar a ser la futbolista en la que nunca se pudo fijar. Sin ejemplos a la vista, Vero creció con el balón y no tuvo espejos femeninos en los que mirarse. Pero no le hizo falta seguir los pasos de nadie.

La gallega ahogó las diferencias de género en el fútbol, en el que se adentró junto con su padre, Nicasio, entrenador, y su hermano, Adrián, que también lo practicaba. Ambos la trataron de igual a igual y los tres convivieron con la pelota en su vida desde que Vero tuvo uso de razón, haciendo de su madre, Mercedes, una forofa más. El fútbol que practicaba la familia Boquete Giadáns en las playas, en las calles o en su propia casa era pura pasión. Era fútbol, sin más. No había reprimendas, ni un «tú sí y tú no». Pero en la vida real les esperaba una realidad injusta contra la que Vero tuvo que luchar. Lo tenía todo en contra, desde prohibiciones absurdas hasta el desprecio de instituciones y personas.

Cuando tenía cinco años ya surgían de Vero brotes de estrella y, pese a tener más que de sobra el nivel para jugar con niños de su edad, no podía hacerlo. El mundo arrojaba un ejemplo más de desigualdad, y la gallega tuvo que enfrentarse a una directriz que le prohibía jugar con niños. Así, entrenaba como una más e iba a todos los partidos, pero no podía vestir de corto. Su calidad no podía demostrarse en el campo, pero siguió creciendo alrededor de él, desde la grada, y empezó a maquinar cómo hacer del fútbol un mundo más justo. «No tardé mucho en darme cuenta de que quería vestirme de princesa para jugar al fútbol», asegura ella misma en su biografía, escrita por el periodista David Menayo.

VERO
9

Aquella norma encontró su fin en Vero, a la que bien podría colgarse el cartel de «abrecaminos», por este hecho y por muchos más. Ante la injusticia a la que se vio sometida, su padre y el presidente del club hicieron todo lo posible para que aquella imagen no se volviera a repetir. Ambos recurrieron a la Federación, fueron al Consejo Superior de Deportes y pusieron fin a aquella situación, exterminando la presencia de más Veros en las gradas del fútbol gallego sin poder jugar con sus compañeros.

Con esto, aquella pequeña jugadora pudo empezar a vivir el fútbol al completo, aunque de manera diferente: con insultos, rechazo, trabas. Y, a pesar de que fuese difícil de entender para una niña de su edad, Vero lo supo digerir con inteligencia para mirar al futuro con las ideas muy claras. Ella hizo de lo diferente algo único. Supo esquivar patadas para llegar a ser la primera española en ganar una Champions (2015) y la primera en estar nominada al Balón de Oro, además de haber capitaneado y liderado la selección española hacia la Eurocopa de 2013 y el primer Mundial Femenino disputado por España en Canadá en 2015.

Fueron unos logros que se quedan incluso pequeños para una futbolista que busca siempre la calidad y el crecimiento del fútbol femenino. Vero Boquete nunca se ha callado y siempre ha hablado con respeto para defender lo que era justo y pedir una mayor consideración para este deporte. Es «la Vero», tal y como la conocen en Barcelona, donde se ganó el cariño de todos en su paso por el Espanyol. Es una chica cercana, familiar y con grandes valores, cualidades que hacen que solo quepa admiración en todos los que han coincidido con ella.

Sus inicios, en los que compaginó el fútbol sala y el fútbol 11, no fueron sencillos, pero para Vero la felicidad siempre pendió de un balón, y para seguir pateándolo, con la idea de que ser jugadora profesional solo podía ser un milagro, esta compostelana se encomendó en más de una ocasión a las *meigas* (porque «haberlas haylas», como se dice en Galicia). Gracias o no a estas peculiares hechiceras, Vero se ha convertido en bandera del deporte español, en el ídolo que ella nunca tuvo durante su infancia. Su nombre ya se erige como uno de los primeros estandartes de un país que miró durante mucho tiempo el fútbol femenino con desconfianza y recelo.

En este crecimiento, Vero ha protagonizado una carrera de fondo, que arrancó con su paso por el Zaragoza C. F. F., su primer club en la primera división española, o el Espanyol, con el que ganó sus dos primeros títulos (dos Copas de la Reina) y en el que se quedó su corazón y que la convirtió en una perica más por el mundo. También se enfrentó a un duro reto tras cruzar el charco para jugar en la mejor liga femenina del mundo en Estados Unidos, donde llegó a ser nombrada mejor jugadora en alguna ocasión. Aquella fue una de las tantas veces en que Vero ha atravesado una frontera con el balón por delante, honrando el espíritu de peregrinaje de su tierra. Y es que mientras el mundo marchaba hasta su ciudad en el camino más antiguo y concurrido de Europa con rumbo a la tumba del apóstol Santiago, ella peregrinaba de un país a otro para seguir haciendo valer su fútbol.

Con una maleta llena de goles y de regates, Vero Boquete ha conquistado los campos de juego de hasta ocho países (España, Estados Unidos, Rusia, Suecia, Alemania, Francia, China e Italia), siempre con una espina clavada: la de no poder triunfar en su amada Galicia y en el fútbol femenino español, que en sus inicios estaba lejos del profesionalismo.

De él tuvo que emigrar para crecer, por lo que su figura se alza ahora con orgullo pero también con vergüenza; la que provoca el ver que una de las mejores jugadoras del mundo no ha podido explotar su carrera en su patria. Esta le ha pedido perdón en forma de detalles. En Galicia, el estadio de la Sociedad Deportiva Compostela lleva su nombre, lo cual trae a la memoria todas las veces en que Vero pasó por allí soñando con ser una estrella de este deporte en ese campo, que estaba entre su casa y la de sus abuelos.

Años después, Vero es más que una jugadora, aunque sobre todo es futbolista. Su estela sigue brillando sobre el verde y nunca se apagará, y esto no es fruto de la casualidad o de las *meigas*, sino de su gran carisma y de su trabajo. Ya fuese con el 21 de Dani Jarque o el 9 de goleadora, la gallega es una de esas figuras emblemáticas de las que hablarán a sus hijos y nietos todos los que han disfrutado de su calidad en el campo. No ha habido un gran premio para ella, aunque los mereciera todos. Sin embargo, Vero Boquete es uno de los grandes patrimonios del fútbol español.

Ana Romero, *Willy*

1987, Sevilla

Las calles se vaciaron y dejaron tras las paredes de los edificios más vida que nunca. Era una pandemia, aunque para algunos fue mucho más... Y es que, mientras el reloj parecía detenerse para la gran mayoría de los españoles, el tiempo se aceleró para los que actuaban en primera línea: los sanitarios. Entre unos y otros se encontraba Ana Romero. La exfutbolista del Betis y médica sevillana experimentó en sus propias carnes la gran impotencia de quien lo quiere dar todo y no puede hacerlo. Su gran vocación, la de salvar vidas, afloraba como nunca, pero no podía trasladarse a los pasillos de un hospital.

Sin puesto asignado, pese a tener las pruebas MIR (Médico Interno Residente) aprobadas, su casa se convirtió en una cárcel para ella, un encierro incomprensible cuando más manos necesitaban sus compañeros de profesión. Pero Ana no se quedó de brazos cruzados mientras el virus avanzaba y decidió probar suerte con el único altavoz que tenía a su alcance: las redes sociales. «¡Eh, Ministerio de Sanidad! Aquí licenciada en Medicina y opositora del último MIR. Disponible para lo que haga falta, donde se me necesite. Y como yo, seguro que somos muchos los dispuestos a ayudar cuando las necesidades del personal sanitario vayan aumentando», publicó en su cuenta de Twitter la entonces futbolista del Betis el 13 de marzo de 2020, el mismo día en que el Gobierno de España anunció su intención de decretar el estado de alarma.

Esta decisión política culminó un día después, en un fin de semana en el que Ana Romero, más conocida como Willy en los terrenos de juego, maquinó cómo moverse para poder ayudar en esta horrible pandemia. El propósito de la andaluza cogió impulso después de que el entonces ministro de Sanidad, Salvador Illa, diera luz verde a la contratación de graduados o licenciados en áreas sanitarias. Pese a la desinformación acerca de cómo ser voluntaria,

Willy nunca se rindió. Tenía que ayudar a sus compañeros, a toda esa gente que necesitaba cuidados en los hospitales. La gravedad del asunto era máxima, y empeoraba con cada actualización del total de fallecidos. La cifra aumentaba día a día, al mismo tiempo que los aplausos desde los balcones a las ocho de la tarde se intensificaban. Ana aplaudía fuerte, cada día más fuerte, para mandar el mayor aliento posible a sus compañeros. Los pensamientos la martirizaban: «Yo puedo y quiero ayudar». Mientras, mataba el tiempo con los entrenamientos pautados por el Real Betis, su club, en el que además de jugadora había pasado a ser responsable de *scouting* y captación de la sección femenina.

Todo se le acumulaba. Entrenaba, charlaba con las compañeras de equipo sobre la incertidumbre de no saber cuándo volverían al césped, analizaba la situación con los directivos... Pero su máxima preocupación —y la de todos— era combatir el virus. Para ello, durante unos días tuvo que quedarse en casa, pese a que sus deseos de salir corriendo a ayudar a las puertas de un hospital eran enormes. Sin embargo, su paciencia pronto se vio recompensada. La jugadora del Betis envió un correo electrónico al Colegio de Médicos para que le permitieran entrar en la bolsa de trabajo. Y de ahí pasó a trabajar, a principios de abril, en el Dispositivo de Cuidados Críticos y Urgencias de Sevilla. «Muy feliz por poder aportar mi granito de arena en la lucha contra la COVID-19 formando parte de nuestro sistema sanitario en estos días. Mi agradecimiento también al Betis por darme todas las facilidades en este camino. ¡Es el momento de arrimar el hombro!», informó.

La sevillana cambió la elástica verdiblanca por la bata del hospital, donde su esfuerzo fue mayúsculo. Y es que Ana, que no dejó de lado sus entrenamientos ni sus tareas en la directiva del club sevillano, hacía turnos que iban desde las doce horas hasta las veinticuatro horas de guardia. Estas jornadas la dejaban exhausta, pero se sentía muy gratificada. Estaba donde debía estar. Su único y gran objetivo era combatir el virus, el mismo que la había alejado, a ella y a todas sus compañeras, de los terrenos de juego. Aquella temporada la primera división Iberdrola se detuvo de manera abrupta en marzo, y la pelota no volvió a rodar hasta el curso siguiente. Esta decisión fue también injusta, puesto que la liga masculina sí que retomó su rumbo, pero aún fue más cruel para Willy, que había dado el paso de colgar las botas.

«Toca cerrar un capítulo, pero no me despido de ti, fútbol, me quedo muy cerquita, porque me es imposible decirte adiós», escribió Ana, que siguió trabajando como médica y desempeñando sus tareas en la secretaría técnica del Betis. Había llegado al club verdiblanco en 2018, tras pasar por grandes equipos como el Rayo Vallecano, el Espanyol, el Barcelona, el Valencia y el Ajax, con los que ganó ligas, Copas..., además de ser internacional con la selección española.

Al firmar por la entidad bética, Willy regresó a casa, donde había empezado a dar patadas al balón con su padre. Con él había disfrutado como una más, junto con los niños de su barrio de Bellavista. Pero la realidad en el fútbol fue muy diferente para ella, que empezó a jugar con condiciones muy precarias en el Dos Hermanas y en el Híspalis, el futuro Sevilla femenino. Sin embargo, no había tenido la opción de hacerlo en su Betis, cuya sección femenina llegó años después de que ella se adentrara en este deporte.

Más de dos décadas más tarde, Willy se pudo enfundar la verdiblanca. En aquel momento cerró los ojos y vio a aquella niña que siempre había soñado con hacerlo. La ilusión era la misma, e incluso aún más grande, pues cumplía el deseo de jugar en un campo en el que tantas veces había pensado: «Quiero ser una de ellas». No fue imposible, por más que muchos pensaran que sí. Con su padre, muy emocionado, en la grada, Willy saltó al estadio Benito Villamarín durante el derbi femenino disputado en abril de 2019 y supo que todo el sufrimiento (marcharse de casa y de su país en busca de un mayor reconocimiento, las desigualdades...) había merecido la pena.

Ese instante solo era el comienzo de la recompensa a todo el trabajo que ella y sus compañeras han llevado a cabo en este deporte, y no se rendirán hasta que haya justicia o, mejor dicho, hasta que haya... ¡IGUALDAD! Willy, que abandonó el Betis a finales de 2020 y que se ha centrado en la medicina, no dejará de alzar la voz por ella. Una razón más para afirmar que, ya sea con la zamarra o con la bata, ella siempre ha sido y será una luchadora, una más de todas las que han hecho grande el fútbol femenino español. El balón la echa de menos, pero presume de ella mientras grita: «¡Es una de nuestras heroínas!».

Nadia Nadim

1988, Herat, Afganistán

La vida de Nadia Nadim volvió a empezar desde cero. Tenía doce años y, allí, en aquel campo de refugiados de Aalborg (Dinamarca), solo contaba con el calor de sus hermanas, Diana, Giti, Muskan y Mudja, y de su madre, Hamida. Atrás había quedado tanto que nunca volvió la mirada, y encontró a la mejor aliada para no hacerlo: una pelota de plástico con la que mataba el tiempo junto con otros niños. Se iniciaba así un nuevo idilio, una conexión a la que llegaba sin haber sido nunca una gran apasionada de este deporte.

Nadia nunca había visto a una chica jugar al fútbol. No era consciente de que aquel juego con el que lograba evadir sus temores podía ser un modo de vida, una forma de empezar a ser feliz. El pasado había sido muy cruel con ella y con su familia y esperaba que el futuro no lo fuera. Así llegó a aquel lugar, muy confusa con lo que allí le esperaba. En su rostro había olvido, pero también ilusión. Lejos de su Afganistán natal, Nadia buscaba una segunda oportunidad. O, mejor dicho, quería disfrutar de un segundo tiempo en el que remontar el gran partido de su vida.

La primera parte había sido dura. Demasiado. No solo había sido el dejar todo atrás, sino también el cómo había tenido que hacerlo. Su viaje perdió la alegría de quien afronta nuevos proyectos y adquirió esa tristeza de los que tienen que huir de su casa con grandes pérdidas, entre ellas la de su padre. Él había sido una de las víctimas de aquella guerra que se había iniciado en su país. Todo se torció, entre tristeza y destrucción, a finales de los años noventa. Los talibanes se hicieron con el poder e impusieron su ley, acabando con todo aquel que no quisiera cumplirla. Era el escenario de un conflicto que dejó familias resquebrajadas, y la de Nadia fue una de ellas.

Su padre, militar, desapareció sin dejar rastro un fatídico día del año 2000. La espera se convirtió en tortura. Pasó un día, luego una semana y finalmente casi

9

seis meses hasta que su familia supo que había sido ejecutado por los talibanes por ir en contra de la ley islámica. Fue un doloroso golpe que paralizó la vida de Nadia, su madre y sus hermanas. Sus rumbos cambiaron por completo. Herat, la localidad en la que se crio, fue tomada por los talibanes, y el devenir de la ciudad se convirtió en un infierno constante para las mujeres, que perdieron todos sus derechos.

Allí no les quedaba ya nada. Aquel lugar representaba una condena sin fin para Nadia y su familia. Su madre, una profesora que había intentado inculcar a sus hijas los valores de la igualdad, se vio obligada a tomar la decisión más importante de su vida. Solo ella sabe las noches que pasó sin dormir pensando en cómo darles un futuro mejor. Solo ellas saben que cumplió con su objetivo y que hoy pueden ser felices lejos de la casa que les arrebató un conflicto interminable.

Nadia no quiere recordar aquello. Su mente lo ha querido borrar, pero es difícil olvidar la larga travesía que tuvieron que emprender después de que su madre pagara a un traficante de personas para llegar en furgoneta a Pakistán y poner rumbo a Europa. En el Viejo Continente les hicieron falta pasaportes falsos y tuvieron que viajar escondidas en un camión desde Italia, donde habían llegado en avión, hasta Dinamarca. Aquella odisea finalizó de forma abrupta una noche en la que las obligaron a bajar del vehículo. Creían que habían llegado a Londres, donde las esperaban unos familiares, pero en realidad las habían engañado y estaban en Randers (Dinamarca). Este suceso las llevó a deambular en busca de un refugio para inmigrantes hasta que aterrizaron en uno cercano a Aalborg, que se convirtió en el punto de partida para Nadia y su familia.

En aquel campo de refugiados, el fútbol y Nadia se dieron la mano para no volver a soltarse jamás. El suyo fue un encuentro casi fortuito, con la figura de fondo de su padre, que siempre había intentado transmitir a sus cinco hijas la pasión por este deporte. En su honor Nadia empezó a dar patadas al balón como una forma de reconciliarse con la vida, esa misma que hizo caer balones del cielo en los árboles cercanos al asilo de inmigrantes donde se encontraban. El secreto de aquellas pelotas se hallaba en el campo de fútbol donde entrenaba el GUG Boldklub. La casualidad hizo que Nadia observara más allá y se llevara una grata sorpresa: ¡había niñas jugando!

A Nadia le brillaban los ojos con aquel deporte que conoció en el patio de su casa, acompañada de su padre. Sintió una llamada interior que la empujaba a ser parte de aquello, y no se reprimió. Aquella niña de doce años reunió el coraje suficiente como para plantarse delante del entrenador del equipo y pedir formar parte de él. Y entonces la vida decidió darle la cara a Nadia. Ella y sus hermanas Giti y Diana hallaron en el citado club un lugar en el que empezar a integrarse en la sociedad, mientras su madre luchaba contra los trámites administrativos para que su instalación fuera total.

Poco a poco, así fue. Las Nadim arrancaron una nueva vida, un camino en el que Nadia nunca imaginó que se ganaría el pan con el balón. Con él en los pies, le hizo falta poco tiempo en un terreno de juego para empezar a captar la atención de varios entrenadores. Sin embargo, para ella no fue fácil asimilar ese gran cambio en su vida. «A pesar de estar en Dinamarca, donde las mujeres hacen lo mismo que los hombres, me sentía como si estuviera haciendo algo malo cuando jugaba al fútbol», confesaba en una entrevista con la FIFA.

Sus miedos desaparecieron a medida que este deporte fue ganando peso en su vida. Tenía cualidades que la hicieron destacar y que la han llevado a ser una estrella mundial del fútbol femenino. Y, con ellas, Nadia no ha dejado de romper barreras. En 2008, tras su debut como internacional, se convirtió en la primera futbolista de la selección de Dinamarca nacida en el extranjero.

De esta forma, las fronteras dejaron de ser una condena para la futbolista, que también ha jugado en Estados Unidos, Inglaterra o Francia. Su fútbol no tiene límites y va más allá de los terrenos de juego. Tras haberse formado como cirujana reconstructiva, su idea es trabajar con Médicos sin Fronteras en países como Afganistán cuando cuelgue las botas. Mientras llega ese momento, Nadia colabora con proyectos que ayudan a desplazados, financiando equipos de fútbol para ellos. Aquella niña que se refugió en este deporte cuando su vida había sido duramente golpeada sabe del valor que tiene un modesto balón de plástico. Hoy es embajadora de la Unesco en favor de la educación para las niñas y las mujeres y representa un triunfo más del fútbol y de la vida.

Babett Peter

1988, Oschatz, Alemania

Las miradas eran incómodas. Los susurros, una tortura. En ellos cabalgaba un rechazo injusto. «¿Qué le pasa en la cara?», se preguntaban todos. La respuesta era tan sencilla como acercarse a aquella niña y preguntarle qué le ocurría en el rostro. Pero nadie se atrevía a hacerlo, con la exclusión que suponía para la pequeña Babett. Se sentía apartada. No buscaba compasión, solo quería ser una más.

Le fue imposible conseguirlo. Todos pensaban que le había ocurrido algo horrible. Pero nadie pensó en que lo realmente terrible era la falta de normalidad con ella, que se encontró entonces con el gran dilema de su vida: defenderse o caer. No había más opciones. Parecía que la vida misma hubiese definido la posición en el campo que años más tarde ocuparía.

Apenas sumaba cinco años cuando sufrió una parálisis del nervio facial. Esta condición le hizo descubrir la gran fortaleza que yacía en su interior. Fue duro y le puso el camino más complicado que al resto de las niñas de su edad, pero también fue el detonante que la hizo única. Lo injusto quedó a un lado para que la ahora futbolista alemana hiciera de la adversidad un modo de aprendizaje.

Su caso provocó que las reglas del mundo se torcieran una vez más. No debería haber niños sufriendo, aunque ese daño luego se traduzca en un mayor éxito futuro. Pero Babett, que mira hacia atrás con el convencimiento de quien luchó contra todo, fue una de las excepciones. No mereció ser rechazada por presentar aquella parálisis en la cara. Las risas y las mofas la acompañaron durante años por su dolencia, que provocó que el lado izquierdo de la cara quedara afectado y que tuviera el ojo entrecerrado y la boca torcida. Esto era algo que le costaba asimilar a una niña que solo quería reír, soñar y disfrutar. Pudo hacerlo, pero a la vez que aprendía a esquivar obstáculos, mientras se preguntaba qué habría sido de su vida, de ella misma, si no hubiese presentado tal particu-

PETER

laridad. Todo aquel proceso tuvo varias etapas, desde la rebeldía hasta el silencio. «Tal vez si estoy más callada la gente no notará que estoy ahí», pensaba Babett, que siempre ha señalado que el problema no estaba en su enfermedad sino en las dificultades que encontró para ser aceptada durante la niñez y la adolescencia en el colegio.

Tanto ella como sus padres buscaron una solución sin descanso. Viajaban cada cuatro meses a Inglaterra para recibir un tratamiento especial que no terminó de funcionar y visitaron a varios médicos hasta encontrar a un especialista en Colonia que logró hallar la clave. Babett tenía entonces trece años y tuvo que someterse a varias cirugías que consiguieron reducir aquella parálisis. A pesar de haber pasado por el quirófano y de asistir a terapia durante años, hoy en día las secuelas siguen visibles en su rostro. Son unos signos que se han ido difuminando al compás de su fútbol, el mismo que la rescató durante los años más complicados.

Este deporte no fue el único en su vida. Sus primeros sueños llegaron de la mano de la gimnasia, que empezó a practicar desde muy niña. Luego fue el balonmano. Pero nada tenía más fuerza para ella que el fútbol, ese deporte al que jugaba con gran seriedad en las pachangas con su familia durante las vacaciones. Siempre se lo tomó demasiado en serio, pero he aquí también uno de los secretos de su éxito con el balón en los pies.

Conocida como «la Hulk alemana» por su gran entrega física en los entrenamientos, Babett encontró en el fútbol su zona de confort. «En el campo no importaba cómo te veías, si eras tímida o si tenías algún tipo de enfermedad», confesaba la alemana en un reciente post en *The Players Tribune*. El fútbol la hizo más fuerte, la ayudó a ser ella misma y a sentirse una niña más. Era tan simple como saltar al césped y jugar como si no hubiera un ayer, un hoy o un mañana. Solo importaban el balón y ella.

A pesar de todo, en el fútbol se encontró con otra diferencia: la de género. También se sintió observada por ello Babett, que veía como los rivales siempre la señalaban en sus primeros pasos en el equipo masculino de su ciudad natal, el Oschatz. Tenía once años y demasiado que demostrar. La ventaja con el balón es que no hacían falta las palabras. Peter acallaba cualquier crítica por su condición o su género a través del juego. «Es buena», se sorprendían aquellos que la habían mirado con extrañeza, y esta sorpresa la empoderó para seguir hacia delante.

La que ahora es defensa en el Real Madrid sintió que el fútbol la había salvado y no pudo separarse más de él. Entrenaba a todas horas. Madrugaba para correr y vivía con la pelota en los pies durante todo el día. Este esfuerzo, junto con su talento, la hicieron invencible en el campo. Con quince años ya jugaba en las categorías inferiores de la selección de Alemania y entró en un internado para futbolistas en Leipzig. Fue un salto complicado para una chica perseguida por una enfermedad que poco a poco dejó de generar interés.

Su afección empezó a ser menos importante para el resto a medida que su pasión por el fútbol crecía, con su paso por clubes femeninos como el Turbine Potsdam, el Frankfurt y el Wolfsburgo. Entre tanto, fue también soldado en el Ejército Federal alemán, donde llegó a ser cabo. Esto no es extraño en Alemania, donde algunas futbolistas se alistaban para conseguir ingresos extra, ni tampoco para una Babett que se ha convertido en una experta de la defensa, tanto dentro como fuera del campo de juego.

Su fortaleza no solo la ha llevado a superar los miedos que le dejó la parálisis facial, sino que también le ha hecho alcanzar todos los grandes éxitos de los que una estrella del fútbol puede presumir: ocho títulos de liga y siete de Copa en Alemania, una Champions League, un Mundial, una Eurocopa, una medalla de oro y otra de bronce en los Juegos Olímpicos.

A este éxito Peter ha conseguido sumar una nueva superación en su vida personal, y es que la jugadora del Real Madrid se ha convertido en un icono de los derechos LGTBI junto con su pareja, Ella Masar, exjugadora con la que coincidió en el Wolfsburgo y con quien tuvo un hijo, Zykane Joachim. Esta maternidad ha supuesto una larga lucha para que la reconozcan como madre legítima, ya que la pareja no se ha casado. Una batalla más para una Babett que nunca se ha cansado de defender lo que merece. Ahora no cambiaría nada de su vida, ni siquiera su condición física tras la parálisis facial. Sin ella no se entendería su éxito. Siempre ha dicho que se lo debe todo al fútbol; lo que no sabe es que el fútbol le debe mucho más a ella.

Alex Morgan

1989, San Dimas, California, Estados Unidos

Charlie Elena descubrió el fútbol mucho antes de nacer. O, mejor dicho, este deporte entró a formar parte de su vida desde que su madre, Alex, quiso pensar en ella. Sería un milagro si no heredara la pasión por el balompié de sus padres, puesto que ambos (también Servando, padre de Charlie y marido de Alex) lo practican y viven de ello. Un lujo del que solo unos pocos pueden presumir. Esta exclusividad también está presente en el nacimiento de esta pequeña, que vio la luz en un mundo en el que las mujeres se ven empujadas a diario a elegir ser deportistas o madres.

Alex no quiso hacerlo y se unió a otras atletas que han demostrado que traer a una persona al mundo es un orgullo y no una barrera. Plantó cara a los prejuicios, con el temor latente de rebajar su nivel y su éxito (además de sus ingresos, claro). «Lucharé para que no ocurra», pensó, y su decisión fue tan sonada como ejemplarizante. No se trata de una Alex cualquiera. Hablamos de la gran Alex Morgan, icono del fútbol femenino mundial y ahora también de la maternidad en el deporte.

De madre a madre, la deportista estadounidense ya adelantó a la suya sus intenciones cuando aún rondaba los ochos años. Entonces todos se lo tomaron a broma. «Hola, mami, me llamo Alex y seré una atleta profesional del fútbol. Te amo», escribió en un papel la pequeña Alex. En aquel instante nadie se planteó que pudiera ganarse la vida dando patadas a un balón. Era complicado hacerlo.

Ahora la pequeña Charlie sabe que llegar a ser futbolista profesional no es solo un sueño, sino también una opción cada vez más real para las jóvenes que vienen. La culpa es de las luchadoras incansables como su madre, de la que solo podrá sentirse orgullosa. Puede que cuando tenga que decidir no quiera seguir los pasos de sus padres, pero tendrá la oportunidad de elegir si hacerlo o no tras conocer la historia de ambos. En ese relato descubrirá que hubo un tiem-

MORGAN
13

po en el que la mujer deportista tuvo que renunciar al placer de ser madre para seguir jugando o se vio discriminada y apartada por serlo. La suya no lo hizo y dejó una sensación de esperanza para las que vienen detrás.

La realidad es que las deportistas afrontan muchas dificultades al ser madres, sobre todo por la falta de apoyos. Es más, que su carrera continúe con una normalidad aceptable se suele tildar de hazaña. Alex Morgan espera haber destruido un poco más ese muro que empezaron a golpear otras compañeras. Su imagen ha seguido siendo portada de revistas y las marcas han mantenido su apuesta por ella. Y ha sido todo un éxito.

El caso de la delantera estadounidense ha acaparado focos y ha despertado en algunos la sensación de que cometió un error, la duda de que una mujer atleta pueda compaginar su carrera con la maternidad. Alex y Charlie han abierto el debate de nuevo. O lo han impulsado, con la aparición de medidas que quieren proteger a la madre futbolista en organismos como la FIFA. Madre e hija recordarán todo esto con amor, el mismo que se desprende de una jugadora que ha hecho de su maternidad parte de un movimiento social con una enorme normalidad, desde las imágenes ejercitándose embarazada hasta las instantáneas de Charlie en entrenamientos o en las gradas durante los partidos. Ser madre no excluye, sino que suma. Y Alex Morgan ha añadido mucho más que una maternidad a su ejemplar trayectoria. La estadounidense sigue fomentando que todas las niñas que se fijan en ella con admiración quieran seguir luchando por ser futbolistas, madres o lo que quieran, porque en el futuro serán ellas la inspiración para las pequeñas como Charlie.

El poder de decisión de Alex Morgan puede ser el que empuje a otras homólogas a hacer lo mismo, el que tumbe las malas praxis de sus contrarios. Y es que la jugadora cuenta con una influencia social equivalente a la del jugador de baloncesto LeBron James o a la del golfista Tiger Woods. Con ellos compartió lista en 2019, cuando fue nombrada una de las cien personas más influyentes del planeta según la revista *Time*.

Su peso y su ejemplo no son mera casualidad. Alex lleva trabajando para ello desde que apenas sumaba catorce años, edad en la que se decantó por el *soccer* tras probar otros deportes como el baloncesto, el voleibol y el atletismo. Su idilio con la pelota, esa a la que ha golpeado con tanto entusiasmo y tanto compromiso social, continuó en la Universidad de California, donde se graduó en Economía y se formó para ser jugadora de fútbol profesional. Le costó llegar a serlo, y no fue por falta de calidad, ya que de eso tenía a raudales. West Coast FC, Pali Blues, Western New York Flash, Seattle Sounders Women, Portland Thorns FC, Orlando Pride, Olympique de Lyon o Tottenham Hotspur han sido los clubes en los que ha dejado y sigue dejando su huella futbolística, que se hace cada vez más grande con su desempeño día a día dentro y fuera del terreno de juego.

Ahora en el Orlando Pride de la liga estadounidense, Alex es uno de los mayores espejos en el que mirarse para niñas y adolescentes. Y no solo por haber ganado una Champions, varios campeonatos de liga en Estados Unidos, dos Mundiales o un oro olímpico, sino porque en ella se plasma de manera ideal la figura de una atleta profesional muy comprometida con la igualdad. De hecho, llegó a publicar una exitosa serie de libros infantiles titulada *The Kicks* («Las patadas»), en los que contaba la historia de cuatro niñas que soñaban con ser estrellas del fútbol.

Si dejásemos a un lado que es una mujer y nos centrásemos en su currículum y en su fama, sería complicado pensar en una gran lucha como la suya. Hablamos de una estrella mundial, imagen de las marcas más reconocidas del planeta, y en una de las jugadoras mejor pagadas del fútbol femenino. Sin embargo, todo esto no ha hecho que ignore la realidad de otras en su posición. Tampoco el hecho de ser una de las personalidades más mediáticas del deporte mundial, de aparecer en portadas de revistas, de tener una película (*Alex y yo*), de compartir portada del videojuego *FIFA 16* con Leo Messi, o de aparecer en la serie *Los Simpson*, entre otros hitos.

Nada ha impedido que Morgan plante cara al mundo para reclamar justicia e igualdad de género, como la cruzada por la igualdad salarial que ha emprendido junto con otras compañeras contra la Federación de Fútbol de Estados Unidos. La selección de Estados Unidos cuenta con más éxitos en su equipo femenino que en el masculino, pero los sueldos y las remuneraciones siguen siendo más altos para ellos. Un hecho injusto frente al que no se rendirán jamás. No por ellas, sino por Charlie y por las que vendrán, porque, tal y como dice la misma Alex, «somos mucho más que atletas».

Jenni Hermoso

1990, Madrid

Alexia Putellas

1994, Mollet del Vallès, Barcelona

La rueda de prensa en el estadio de Butarque (Leganés) estaba a punto de terminar tras la final de la Copa de la Reina de 2021. Jenni Hermoso, estrella de un Barça que se había hecho con el título, y su compañera Alexia Putellas, la jugadora mejor valorada de la final, comparecieron ante los medios rebosantes de felicidad. Acababan de culminar su histórico triplete (liga, Copa y Champions) y el momento era mágico. No obstante, lo fue aún más gracias a la espontaneidad de la madrileña.

«Espera, espera, que no le he puesto la corona», dijo Jenni, y Alexia no daba crédito a lo que estaba sucediendo. La centrocampista catalana intentó resistirse a la escena, pero el acto de coronación se llevó a cabo entre risas. Con aquella corona de plástico, Jenni se adelantó a todos al hacer la reverencia a su capitana. Alexia ya era la reina de España, pero lo que no sabían es que también lo era en Europa y en el mundo, que la reconoció como tal al ser nombrada Mejor Jugadora del Año por la UEFA y recibir el Balón de Oro meses después.

Ambas distinciones suponen un hito más en su carrera: los primeros grandes premios internacionales para una jugadora en España, país al que le dio el segundo Balón de Oro de la historia (solo lo había ganado antes Luis Suárez, en 1960). No fueron los únicos galardones para Alexia, también premiada como mejor centrocampista de la Champions. Tampoco para Jenni, que fue distinguida como la mejor delantera de Europa y calificada como la segunda mejor jugadora del mundo en la ceremonia de entrega del Balón de Oro. Ella ya había

avisado de quién era la reina en Leganés, aunque no era consciente de que ella también brillaba como tal.

Jenni ha logrado lo inimaginable estos últimos tiempos: primera pichichi española en la Champions, máxima goleadora histórica en el Barça y en la selección, primera española nominada al The Best, varios pichichis en liga... Los éxitos son infinitos para la atacante madrileña, que se alegró aún más por Alexia que por sí misma. Ambas se alzan como dos de los estandartes del fútbol femenino español. De Mollet del Vallès a Carabanchel y del Barça y la selección al resto del mundo, con gran elegancia con el balón y sin él.

Las dos coincidieron entre 2013 y 2017 en el Barça, que ha vuelto a disfrutar de su tándem desde 2019 hasta la fecha. Pero lo cierto es que nunca se separaron: juntas vivieron el Mundial de Francia de 2019, en el que Jenni dejó una imagen imborrable para los registros del fútbol. Sucedió el 24 de junio de 2019, durante los octavos de final ante Estados Unidos. La madrileña anotó un precioso gol (es zurda y golpeó con la derecha fabricando una parábola perfecta) y ocasionó una enorme reflexión: eran ellas y no ellos las que habían hecho vibrar a un país entero con la pelota. Solo había hecho falta una televisión para que lo hicieran, mandando un grito de socorro que, por fin, las llevó a ser escuchadas, gracias en parte a ese gol, que tuvo valor doble pese a no representar un triunfo futbolístico (perdieron 1-2). Aquel Mundial fue la antesala del primer convenio colectivo en la liga española, en la que se inició una profesionalización que hoy continúa.

Ambas también protagonizaron un duelo especial en el Wanda Metropolitano, donde se batió el récord mundial de asistencia (60.739 espectadores) en un partido femenino de clubes. Entonces el Barça de Alexia ganó 2-0 a una Jenni que militaba en el Atlético, equipo al que llegó con doce años y en el que su abuelo, el encargado de transmitirle la pasión por la pelota, había sido portero.

Él y su abuela, a la que siempre le dedica los goles, fueron claves en su vida. Y, si el cielo hablara, seguro que no cabría el orgullo que se desprende de él. Y es que Jenni no ha dejado de cosechar triunfos desde que salió del Atlético con rumbo al Rayo Vallecano, el Tyresö sueco, el Barça o el PSG. Luego volvió al equipo rojiblanco y, más tarde, al cuadro azulgrana, al que en 2019, desde la grada, vio llegar a la primera final de Champions femenina para un club español, con una Alexia que dio una gran lección. «Me han dicho que no quitarnos la medalla de subcampeonas cuando nos la ponen en el cuello nos hace crecer y ser más grandes. Lo primero es reconocer que queda camino por recorrer. Lo segundo, sentirnos orgullosas de que la medalla ahora sea de plata para que en el futuro sea de otro color», dijo la catalana, que cumplió con su palabra en 2021 al ganar en Gotemburgo la primera Champions femenina.

Un título del que ya formó parte Jenni, que temió no poder saltar al campo con Alexia. La capitana del Barça y de la selección tenía molestias físicas, pero ella quería y tenía que participar en aquel partido. «Confía en mí», le dijo al entrenador la catalana, que con un gol, una asistencia y mucho juego avisó de que iba a comerse el mundo.

Culé de nacimiento, el primer partido que recuerda Alexia en el Camp Nou fue en Navidad y ella tenía seis años. Aún guarda con cariño varias fotos de esa fecha con su *avi* (abuelo, en catalán). Era el primer día de una ilusión que se prolongó durante todos los viajes al estadio en el autocar de la peña de Mollet hasta otra Navidad, la de 2020, con un Barça-Espanyol en el que ella ya lucía como futbolista.

La centrocampista pisó el césped, se acordó de toda su familia y respiró. Lo siguiente fue histórico: firmó el primer gol oficial del Barça femenino en el Camp Nou. Una diana más para su colección de goles memorables (Clásicos, Champions, finales...) en el club de su vida, al que llegó con dieciséis años tras dar sus primeros toques en el Sabadell. Solo estuvo un año en La Masia, de donde se marchó para seguir creciendo en el Espanyol y en el Levante. La vuelta a casa fue en 2012 y estuvo marcada por una gran tragedia personal: la muerte de su padre. Él ha sido desde entonces su gran estímulo en cada jugada y en cada gol. «Espero que estés orgulloso de tu hija. Allí donde estés, esto es para ti, papá», dijo una emocionada Alexia al recibir el Balón de Oro que la alzaba como la mejor jugadora del mundo.

Tanto ella como Jenni se han convertido en las referentes que no tuvieron, y las niñas de hoy quieren seguir sus pasos. Un honor por el que ambas no dejan de dar las gracias mediante grandes gestos, desde proyectos como el libro *Alexia Superfutbolista* hasta eventos para ayudar a las niñas como el campus de Jenni en Madrid. El agradecimiento con el fútbol es mutuo. La pelota las adora y guarda con ellas una historia de éxito que... continuará.

Natalia Gaitán

1991, Bogotá, Colombia

La palabra *superviviente* luce en su piel y su simbología va mucho más allá de lo que muchos puedan imaginar. No es un tatuaje cualquiera; es la etiqueta que mejor define a Natalia Gaitán, aunque no la única. Ella ha sobrevivido, sí. A una leucemia durante su niñez y a lesiones graves (dos roturas de ligamento cruzado) en su carrera como futbolista. Sin embargo, estas adversidades no solo han sido un ejemplo más de superación, sino que han descubierto en ella un don de luchadora que la convierte en una gran estrella del deporte.

Y es que Natalia ya era toda una campeona mucho antes de que su fútbol impresionara a las hinchadas de los países por los que pasó: Colombia (Club Internacional y Gol Star), Estados Unidos (Houston Aces) y España (Zaragoza C. F. F., Valencia y Sevilla). La colombiana se forjó en grande, con el convencimiento de que el éxito llegaría a base de esfuerzo. Para alcanzarlo no valía con esperar a que la tormenta pasara: había que salir y enfrentarse a ella. Y así lo hizo.

La ahora futbolista conoció el límite del abismo con apenas cinco años, y lo hizo con la crueldad que aborda una vida cuando aparece el diagnóstico de una enfermedad grave. El tiempo se detuvo durante un instante para la familia de los Gaitán. La pequeña Natalia padecía leucemia linfoblástica aguda, un cáncer en la sangre que afecta a los glóbulos rojos, los glóbulos blancos y las plaquetas y que tiene un índice de mortalidad del 70%. La estadística era abrumadora, pero provocó un efecto inverso en ellos: Natalia iba a ser del otro 30%. Su sonrisa y su vitalidad certificaron que así sería.

Pero no fue fácil. Las salas de hospital y los tratamientos sustituyeron a los juegos y el parque. Cada seis semanas tenía que ser ingresada durante varios días, y así hasta que cumplió los dos años de quimioterapia. Luego llegaron los tratamientos regenerativos, con continuas transfusiones de sangre y una recuperación lenta. Y, finalmente, quedó a salvo. La medicina y su actitud ante la

GAITÁN
18

vida la llevaron a seguir disfrutando de una niñez que había sido interrumpida y que la había llevado a madurar mucho antes que el resto.

Su disciplina y su constancia, por las que ha destacado como deportista y como estudiante —se graduó en la universidad como administradora de empresas entre las alumnas más destacadas de su promoción, y tiene un máster, un posgrado...—, encuentran respuesta en aquella época. «Me llevaba las tareas al hospital y eso fue generando dentro de mí una disciplina que posteriormente me ayudó a entrenar y estudiar al mismo tiempo», afirmaba Natalia en una entrevista con el diario *As*.

De los hospitales, los tratamientos y el sufrimiento le quedan pocos recuerdos. «La parte dura le tocó a mi familia», destaca siempre la mediocentro colombiana. Pero en su subconsciente siempre permanecerá la experiencia de quien ha regateado a la muerte y ha ganado el título más importante de su vida. Eso nunca podrá borrarse de su mente. Con la leucemia atrás, y con una historia inspiradora para todos aquellos niños y niñas que batallan contra esta enfermedad, Natalia no dejó de ser una guerrera. La lucha más dura ya había pasado. Pero entonces se inició un arduo camino hacia su sueño: el fútbol.

Este deporte no apareció en su vida de primeras. Natalia comenzó practicando la natación y el tenis, impulsada por el fuerte gen deportista de su familia. Su madre, Norma, había practicado el baloncesto y el voleibol, mientras que su padre, Guillermo, y su hermano, Juan Pablo, siempre habían jugado al fútbol, una pasión a la que pronto se unió Natalia.

El deporte rey dejó a un lado cualquiera de sus aficiones. En su cabeza solo quería patear el balón, por encima de todo. No podía dejar de practicarlo, y cuando iba a ver jugar a su hermano y a su padre aprovechaba los descansos y los aledaños del lugar para hacerlo. Estaba sola frente al mundo, ese que de primeras le negó los sueños ligados a la pelota. Y es que ser mujer y futbolista no era entonces una opción en Colombia. El fútbol femenino estaba a años luz del masculino; demasiado lejos. Sigue estándolo, pero en las últimas décadas se han producido ciertas mejoras. Tal era la desigualdad que, a diferencia de su padre o su hermano, a Natalia Gaitán le costó encontrar un lugar en el que hubiera sitio para su fútbol.

La que luego sería capitana de la selección de Colombia tuvo que esperar hasta los doce años para recalar en un equipo, el Club Internacional, que fue el primero de fútbol femenino en Bogotá. Era el comienzo de una carrera en la que se vio obligada a partir pronto de su hogar, con una beca de la Universidad de Toledo (Ohio), y a recorrer el mundo en busca de un lugar en el que sentirse valorada a todos los niveles.

España se convirtió en su paraíso futbolero, con mejores condiciones que en su país, en el que, pese a la distancia, no ha dejado de pelear por esta categoría. Mientras tanto, Natalia también ha tenido que superar otros grandes baches en su camino personal. En 2017 se rompió el ligamento cruzado anterior de la rodilla derecha, y dos años más tarde sufrió la misma lesión en la rodilla izquierda. Dos pruebas más para su fortaleza.

Fueron largos meses fuera del verde. No obstante, Natalia siempre se mostró fuerte. Era o luchar o luchar, y ella peleó por dos. Sin embargo, no todo fueron malos tragos. El fútbol le dio mucho más de lo que le quitó. Su felicidad al jugar ya era más que suficiente, pero también quedó espacio para grandes éxitos, sobre todo con su selección nacional. Natalia, que con dieciséis años se convirtió en la jugadora más joven en vestir la camiseta de Colombia, capitaneó al combinado cafetero en los Juegos Panamericanos de 2019 en Perú, de donde salieron con la medalla de oro colgada al cuello en uno de los primeros grandes triunfos del fútbol femenino colombiano.

Su sonrisa entonces era la de una jugadora que demostraba el éxito por encima de enfermedades, de una sociedad machista… Un logro que llegaba poco después de haber abanderado la denuncia que hizo junto con sus compañeras de la selección por acoso sexual, falta de remuneración y gran abandono por parte de las instituciones.

En ese momento tampoco le faltó valor. Su ejemplo se enalteció y no ha parado de hacerlo desde entonces. Y es que Natalia solo sabe luchar y seguirá haciéndolo por todas las que vienen detrás, porque su mayor sueño es que las niñas del mañana puedan acceder a su gran pasión sin impedimentos. «Para mí entrar en una cancha y gritar un gol es una expresión de libertad», confiesa la jugadora colombiana. En esta liberación brilla como una superviviente del fútbol y de la vida.

Pernille Harder

1992, Ikast, Dinamarca

Magdalena Eriksson

1993, Estocolmo, Suecia

El balón se detuvo, pero el partido fue más allá. Pese al pitido final del silbato de la árbitra austriaca, Kate Jacewicz, y la clasificación para cuartos de final del Mundial de Suecia tras ganar por la mínima a Canadá, el fútbol no se detuvo en su afán de ser un vehículo de cambio y de ayuda social. Para ello se sirvió de dos figuras de talante internacional: la danesa Pernille Harder y la sueca Magdalena Eriksson, ambas jugadoras y estrellas del fútbol femenino a nivel planetario. Lo hizo sin dejar constancia de su intención, con la habilidad de aquello que ocurre por casualidad.

Ni ellas mismas sabían lo que estaba por venir tras aquel pospartido del Mundial; de ahí que actuaran con tanta naturalidad. No eran conscientes de ese pequeño foco que había caído sobre su cabeza sin intencionalidad para convertirse en un altavoz para millones de personas. Fue un grito que se produjo con el beso de ambas futbolistas, rivales con sus selecciones y pareja fuera de los terrenos de juego. De hecho, Suecia había conseguido clasificarse para la Copa del Mundo de Francia de 2019 tras arrebatarle la primera plaza del grupo 4 a Dinamarca.

Por este motivo, Harder no pudo vivir la cita mundialista como futbolista, pero esto no la privó de disfrutar del fútbol. Anécdota deportiva a un lado, la atacante danesa asistió a Francia para seguir los pasos de Eriksson y no faltó a aquel exigente duelo de Suecia frente a Canadá. Una vez concluido, la defensa sueca se dirigió a la grada, desde donde se acercaba a ella su fan más especial, una Harder que también vestía los colores de Suecia con el dorsal de su pareja a la

espalda. Era una hincha más y no dudó ni un solo instante ante la oportunidad de bajar al césped para felicitar a su novia, cuyo éxito tanto la enorgullece. Ambas se miraron, se sonrieron, cerraron los ojos y unieron los labios en medio del júbilo de las futbolistas suecas, que habían logrado el pase a la siguiente ronda de un Mundial en el que acabarían con la medalla de bronce colgada al cuello.

Su emotivo encuentro fue cuestión de segundos, tiempo más que suficiente para que un fotógrafo inmortalizara el momento cual artista con cámara en mano. Tampoco era este consciente de lo que generaría con el movimiento de un dedo sobre el botón de disparo. En principio solo había sido un simple gesto, una muestra de cariño que es muy común entre futbolistas y familiares o amigos tras un encuentro, y más frecuente aún en citas de este calibre. De hecho, Harder y Eriksson estaban rodeadas de compañeras abrazándose para celebrar aquel triunfo con conocidos que habían estado animando desde la grada. A pesar de todo esto, el suyo no fue un gesto más. Fue un beso de película en el que la magia del fútbol hizo que la normalidad de un instante pasara a ser única y extraordinaria. Sin quererlo, Magdalena Eriksson y Pernille Harder se habían fundido en un llamamiento a la normalidad, a la lucha contra la homofobia. «No estás sola/o», se desprendía de la unión de sus labios. Y muchos fueron los que así lo sintieron. Ambas se marcharon del estadio del Parque de los Príncipes de París sin conocer la intrahistoria generada por su beso, sin saber del aliento que había supuesto su icónica imagen para muchas personas en todo el mundo.

Pasaron las horas de aquel día y ninguna de ellas ni nadie de su entorno se percató del movimiento que se había iniciado. Y no fue hasta esa noche cuando empezaron a notar cierto revuelo. «Fue inesperado», confesaba Harder meses después en una entrevista publicada por la FIFA. La actual estrella del Chelsea, donde ahora comparte vestuario con Eriksson, siempre ha mostrado un gran asombro por la reacción positiva que tuvo aquella imagen. «Fue algo increíble», lo ha descrito en más de una ocasión la danesa, que en el verano de 2020 se convirtió en el fichaje más caro de la historia del fútbol femenino europeo después de que el Chelsea pagara 350.000 euros al Wolfsburgo por ella.

Ni Harder ni Eriksson habían pensado o recapacitado sobre el gran impulso que su imagen como pareja podría dar para seguir dando pasos hacia un mundo en el que el amor no tenga barreras. El suyo surgió entre balones, cuando coincidieron en el Linköpings, un equipo de la máxima categoría de la liga femenina sueca. Allí se conocieron, se enamoraron y disfrutaron juntas del fútbol entre 2013 y 2016. Su relación nunca fue un secreto, aunque tampoco se anunció a viva voz. Harder y Eriksson la llevaron con gran normalidad hasta la instantánea de su beso. Fue en ese momento cuando las dos se dieron cuenta del valor de su fama para ayudar a otras muchas personas a dar el paso, a no avergonzarse ni sentir miedo a mostrar abiertamente su inclinación sexual.

Las reacciones a la imagen del beso fueron en su gran mayoría positivas. Los teléfonos de las dos jugadoras no dejaron de sonar en toda la noche, con mensajes en los que muchos agradecieron su valentía y aseguraron que aquello les había dado mucha fuerza. «Muchísimas personas me escribieron en Instagram diciendo que nos admiraban. Fue entonces cuando comprendí que éramos verdaderamente poderosas juntas», contó Harder acerca de aquel instante.

Así fue como, a la velocidad de la luz, las dos futbolistas se convirtieron en iconos del movimiento LGTBI. Su mediática figura había contribuido a visibilizar esta lucha en un deporte en el que la homosexualidad aún sigue siendo un tabú, sobre todo en el fútbol masculino. En esta línea, Harder se ha pronunciado muchas veces para mostrar su deseo de que esta categoría siga los pasos del fútbol femenino en la normalización de la libertad sexual de sus jugadores.

Tanto ella como Eriksson seguirán peleando, con más fuerza que nunca, para golear a la desigualdad y dar grandes triunfos a la libertad sexual. Con el balón bajo el brazo, su beso quedó grabado en una imagen para la historia. Una foto por el cambio que ha adquirido la naturaleza de esas instantáneas que se clavan en la mirada de los espectadores y se multiplican en la mente de muchos de ellos como ejemplo. Aquello las impulsó a adquirir un mayor compromiso y activismo con esta causa. Después de lo ocurrido, Pernille Harder y Magdalena Eriksson se han vuelto más participativas en sus propias redes sociales y en campañas como Play Proud para empoderar y apoyar a jóvenes del colectivo LGTBI. Su beso nunca se olvidará; ha sido un símbolo del movimiento por la libertad sexual y un orgullo no solo para esta lucha, sino para todo el fútbol femenino mundial.

Virginia Torrecilla

1994, Cala Millor, Mallorca

Fue un día festivo en el fútbol femenino español. No se jugó ningún partido de esta categoría en esa fecha, el 31 de marzo de 2021; ninguna copa u otro título estaba en liza. La emoción era otra y estaba fuera del césped por primera vez en mucho tiempo. Con ella se hizo un silencio para todos los que miraban las pantallas, ya fuese en sus móviles, en sus ordenadores...; nadie se quiso perder la gran noticia que traía aquel vídeo.

En él aparecía radiante Virginia Torrecilla. «Estoy limpia», confirmaba la jugadora balear a través de su cuenta de Instagram, la misma vía por la que informó y normalizó el día a día de su particular y gran lucha contra un tumor cerebral diagnosticado casi un año antes. El fútbol estalló en júbilo. Le había marcado un golazo por toda la escuadra al maldito cáncer, y hasta la pelota botaba con regocijo.

Vir, como la llaman sus compañeras en el Atlético de Madrid, volvía a sentirse futbolista (entrenamientos, planificación...). Sin embargo, nunca había dejado de serlo, con una constancia envidiable y una pasión inaudita. Afrontó la radioterapia con la mayor de las normalidades, haciendo trabajo físico y manteniéndose muy activa, y durante el duro periodo de quimioterapia estuvo entrenando cinco meses. No paró hasta que su cuerpo pidió descansar tras haber perdido fuerza y hasta quince kilos de peso, por lo que se vio obligada a alejarse del deporte durante dos meses hasta el final del tratamiento.

Aquello ya quedó atrás, incluida la incertidumbre que sintió cuando se sometió a las pruebas (una analítica y un TAC en la cabeza y en la médula) tras finalizar la quimioterapia. Los médicos comunicaron tras el chequeo que todo estaba bien: ¡el tumor había desaparecido! Virginia era libre. La futbolista de Cala Millor comenzaba «una nueva vida», tal y como ella misma confesó antes de avisar al mundo: «La voy a aprovechar al máximo».

VIRGINIA
14

Arrancaba una nueva etapa, pero ella ya no era la misma. Su vida había perdido grandes cosas durante la enfermedad, pero también había sumado otras. Vir aprendió y sacó la mayor lección de un momento de superación como este. Y, con ella, el fútbol y la sociedad ganaron una heroína, una inspiración para mucha gente, porque Virginia pasó de ser una líder dentro del campo, donde ocupa una posición de centrocampista en la que suele mover el juego de sus compañeras, a serlo fuera de él, con una actitud muy positiva y admirable.

Sus vídeos, declaraciones e imágenes contando cómo vivió los diez meses de enfermedad acabaron con los tabús que a veces rodean a problemas como el cáncer y ayudaron a muchas de las personas que pasan por lo mismo. Vir nunca se rindió, e hizo que otros no lo hicieran desde el momento en que dio la cara tras ser operada del tumor. Aquel instante quedará para siempre grabado en su memoria.

A veces la vida da un giro de 180 grados sin que nos demos cuenta. En el caso de Virginia, todo sucedió en los instantes en los que España empezaba a salir del confinamiento por la pandemia de la COVID-19. El regreso del fútbol, que volvió a rodar, acompañó a los paseos por tramos horarios, aunque lo hizo con una nueva normalidad que se presentó con mascarillas, PCR, distancia en entrenamientos y vestuarios... Y sin Torrecilla.

La noticia saltó el 21 de mayo. Todo el mundo se quedó sin aliento. Fue inesperado, pero también sorprendente, ver a Virginia relatar aquel mal trago. «¡Gané el partido más importante de mi vida gracias a vosotr@s! Y que sepáis que esto es el principio de algo grande, ¡porque me ha gustado ganar!», publicó la también jugadora de la selección española, que quiso contar en primera persona lo sucedido.

Lo explicó con una entereza envidiable, con el fin de que sus seguidores supieran la verdad y que no hubiese mentiras; esas a las que sí tuvo que acudir, de manera muy justificada, antes de operarse del tumor. Entonces la futbolista balear le dijo a su hermana, que estaba en el último mes de embarazo de su primer hijo, que iba a ser tratada en Pamplona de una lesión del ligamento cruzado. Pero lo cierto es que aquel viaje de Virginia con sus padres tenía otra razón: la operación para extraer el tumor. Todo salió bien y lo primero que hizo

Virginia al salir del quirófano fue llamar a su hermana. Esta, al verle la venda en la cabeza, empezó a llorar a lágrima viva. Era el momento de contarle la verdad.

Nadie puede negar la dureza de esos momentos, pero Virginia no defraudó en su aviso, luchando contra todo para volver al sitio del que nunca debió salir y en el que su esencia nunca se perdió: los terrenos de juego. Nunca pensó en meter en un cajón su camiseta del Atlético con el 14 a la espalda. Sus planes eran otros. Mientras, en la selección española ese dorsal sigue vibrando sobre el verde con Alexia Putellas, que ha cuidado de su camiseta durante la enfermedad. Era una forma de mantener siempre a Vir en el campo, además de en la mente y en el corazón de todas sus compañeras. Para ellas supuso el mayor aliento de fuerza. «¡Por ti, por Vir!», gritan en el Atlético antes de saltar al campo en cada partido.

Esta proclama se acompaña de emotivos momentos como el que protagonizó junto con Amanda Sampedro a principios de 2021 en Almería. La capitana rojiblanca le pidió que levantasen juntas el trofeo de la Supercopa de España, porque aquel título era de todas y mucho más de ella, que había sido la motivación y la luz que había guiado al equipo. Eran los mismos sentimientos que la centrocampista balear sentía por el fútbol: la noticia de no poder jugar fue dura, pero el día a día de la enfermedad hubiese sido mucho peor sin el deporte en su vida.

Los paseos con Silvia Meseguer, compañera en el Atleti, junto con un balón, en aquellas semanas en las que solo salía de casa para ir a ver jugar a su equipo, las citas con el fútbol por la televisión en las que vivía cada pase como si estuviera en el campo, la prisa por volver a jugar... Incluso los médicos dijeron que la quimioterapia le afectaba mucho menos al haber sido deportista y tener un cuerpo fuerte. «El fútbol ha sido todo. No solo me salvó la vida durante el cáncer, ya que mi club y mis compañeras han estado ahí junto con mi familia, sino que también me ha dado vida», confiesa Virginia.

Ahora, Vir y el fútbol solo quieren cumplir todo lo que soñaron con ofrecerse durante esos diez meses de batalla. La jugadora ha vuelto a entrenar, a correr sobre el verde y a tocar balón dentro del campo, y su sonrisa ahora es infinita. No es que regrese, porque nunca se fue, pero sí que ha devuelto la alegría a una categoría que sufrió sin ella, que la echó de menos y que ya sabe quién es su supercampeona.

Asisat Oshoala

1994, Ikorodu, Lagos, Nigeria

Dos años. Ese fue el pacto. Asisat Oshoala prometió dejar el fútbol si no triunfaba en ese periodo de tiempo. Corto, sí, pero suficiente para alguien que lleva el balón en la sangre. También conformó de inicio a sus padres, que siempre se negaron a que jugara y que creyeron anticiparse al fracaso aceptando aquel reto. Sin embargo, no hubo un «te lo dijimos». La lección fue a la inversa. Oshoala era buena futbolista, muy buena, y su talento no podía ser desperdiciado.

De este modo, Asisat no tuvo que dejar el fútbol para ponerse a estudiar la carrera de Derecho, tal y como había prometido que haría si no conseguía vivir de la pelota en esos dos años. La libertad de su pasión hizo que el éxito fluyera tras haber estado retenida en una jaula durante mucho tiempo. Abrir la puerta era solo el comienzo de algo que pronto derribó barreras y estigmas sociales. Como una leona indomable, Oshoala siempre fue la gran rebelde de aquella familia dedicada al comercio de oro y ropa, y lo más injusto era que lo fue solo por querer jugar al fútbol, una afición que generó demasiados dolores de cabeza a sus padres, inmersos en una sociedad que le negaba el deporte a la mujer y, por consiguiente, a ella, que se rebeló contra todo.

Primero fue el secretismo del que tuvo que valerse durante años para jugar sin reprimendas. Después, tras descubrirse su afición, Oshoala inició unas duras negociaciones con su familia, a la que tuvo que convencer de que aquello iba en serio. Aquella situación implicó demasiados malos tragos para la ahora estrella del Barça y de la selección de Nigeria. Los castigos eran constantes, pero no pudieron contra la resistencia de una joven que se armó de valor y se negó a seguir por el camino que le marcaban.

Y, así, Asisat pasó a ser la gran señalada de la casa, en la que convivía con su madre, sus hermanos y la otra mujer y los otros hijos de su padre (la poligamia es aceptada y muy normal en Nigeria). Todos tenían otros planes para Oshoala.

El objetivo era que estudiara, se casara y tuviera hijos. Ahora bien, la cuestión era la siguiente: ¿qué quería ella? Y la respuesta era muy sencilla: fútbol, solo fútbol.

Aparentemente no había ningún miembro de la familia que la apoyara, aunque la realidad dejaba a una gran cómplice de Oshoala en la sombra: su abuela. «Fue la única de la familia en apoyarme incluso cuando mi madre o mi padre me querían pegar cuando salía a jugar», contó la futbolista africana en una charla con la Unión de Federaciones de Fútbol Europeas (UEFA). A la veterana de la casa se unían los amigos de Oshoala, que acudía fiel a los partidos de los domingos en las calles de su barrio. Estos la cubrían cada vez que su padre aparecía. Si la descubría allí, como ocurrió alguna vez, Asisat se metía en un gran problema. Incluso llegaron a castigarla sin comer.

Y aquí fue cuando entró en escena su ya fallecida abuela, que le daba comida y dinero a escondidas de su madre. «Ahora que soy profesional me acuerdo de ella todo el rato. Seguro que está muy orgullosa», confesó Oshoala, que empezó a jugar con los chicos de su colegio cuando estos la dejaban. Entonces todos la subestimaban. La ponían de defensa porque aseguraban que no sería capaz de marcar goles. Oshoala derribó estos argumentos a base de fútbol en la final de un torneo, cuando cogió el balón, dribló a varios rivales y anotó un golazo. «Ahora ya sabéis de lo que soy capaz», les dijo, tal y como reseñó en una entrevista con *El Mundo*.

No eran los primeros regates que hacía la pequeña Asisat, conocida por sus allegados como Zee. La futbolista de Nigeria se crio en una familia musulmana, religión que aún practica, y tuvo que aprender a evitar el conflicto a cada instante. A esto se sumó la ausencia de referentes o equipos femeninos en su ciudad, Lagos, que es la más grande y avanzada del país. Fue muy difícil encontrar un club para jugar, pero no imposible.

El primero con el que tuvo contacto fue el equipo del colegio St. Jude. Allí empezó a bailar al son del balón, pero no fue hasta terminar su educación superior cuando encontró la gran oportunidad de su vida. Tuvo lugar durante un torneo del que se enteró mientras practicaba atletismo en un campo. La noticia le llamó la atención y decidió participar con uno de los equipos locales.

En ese momento, un «equipo de verdad», tal y como ella misma lo describe, se interesó en ficharla después de verla jugar. «Tienes calidad», le dijeron. Y, pese a que Oshoala se negó en redondo, porque solo jugaba para divertirse, aquellas palabras se le clavaron en lo más profundo de los pensamientos.

Asisat supo que no estaba sola y que el fútbol podría ser una opción. Ahí apareció el famoso pacto con sus padres, que sirvió para dar el salto al F. C. Robo, el mejor equipo femenino de su estado. Este paso le permitió crecer y llegar a ser una gran estrella internacional. En sus vitrinas lucen hoy hasta cuatro Balones de Oro africanos tras haber goleado en tres continentes diferentes, desde África, donde se ha convertido en toda una referente, hasta Inglaterra (Liverpool y Arsenal) o España, donde brilla en el Barça, pasando también por China (Dalian).

Su trayectoria no habría sido posible si sus padres no hubieran cedido ante su sueño. Fue más complicado que un simple pacto. Este amansó las aguas durante unos años, pero la decisión final no llegó hasta 2014, cuando Oshoala brilló con Nigeria en el Mundial Sub-20 y ganó el Balón y la Bota de Oro de esta competición. «En ese momento me dijeron que se habían dado cuenta de mi talento y que no iban a permitir que se echara a perder», señaló la jugadora, que siempre se siente afortunada por haber podido dedicarse a esta profesión.

Oshoala siempre ha querido transmitir este agradecimiento con grandes acciones. Por un lado, con el dinero que recibió de sus primeros clubes compró una casa nueva para sus padres en Lagos. Seguidamente creó una fundación que ayuda a las niñas que sueñan con ser futbolistas en su país. «En África, si eres niña, es difícil jugar al fútbol y practicar deportes. Muchas tienen los mismos problemas que tuve yo cuando era jovencita, en el sentido de que sus padres no quieren que jueguen y no hay muchas opciones para las futbolistas», destacó Asisat en una carta abierta.

Su caso fue excepcional y ahora es ejemplarizante. No olvida sus inicios y se mantiene unida a su pueblo por unas raíces mediante las cuales transmite la energía necesaria para que todas las niñas que vienen detrás sigan sus pasos. Por ello, y sin herencia de nadie, Oshoala se ha convertido en la gran reina del fútbol en Nigeria y también en todo el continente africano.

Ludmila da Silva

1994, Guarulhos, São Paulo, Brasil

«Tienes mucho talento», le dijo. «¿Cómo?, ¿talento?», se asombró ella, que nunca pensó que aquello del balón fuese en serio. Aquel hombre, que sabía de lo que hablaba, puesto que era un ojeador especializado en cazar jóvenes joyas para el fútbol, le hizo ver que había algo más en la diversión que le producía correr tras la pelota por las atropelladas calles de la favela. Y entonces comprendió la razón por la que todos los niños la elegían para los partidos improvisados en la escuela o en el barrio. Ella, Ludmila da Silva, era mejor que ellos y que otros muchos, pero nunca antes nadie se lo había planteado.

Puede que en todo ello tenga mucho que ver el entorno en el que creció y la dura infancia que tenía tras de sí aquella joven muchacha. Criarse en la favela hizo que llegara a ese punto de manera muy diferente a como lo haría una chica de Noruega, Estados Unidos o Japón. La naturaleza del lugar, que aísla los sueños de sus niños y niñas y hace que estos parezcan más complicados de lo que en realidad son, explica el porqué de tanto sufrimiento.

También su pasado, en el que no solo había tenido que convivir con las dificultades que atañen al día a día en la favela, sino también caminar con el peso del abandono de sus padres en una sociedad que la etiquetaba como una chica que solo podía caer en el lado oscuro del destino. «Cuando era pequeña, siempre oía a la gente decir que sería una chica mala, que me drogaría y que no tendría futuro», cuenta la ahora estrella del Atlético de Madrid. Se resistió Ludmila a cumplir con las expectativas de los que no quisieron ayudarla y se apoyó para ello en el fútbol, que se presentó como la gran vía mediante la cual escapar de aquella espiral. «En la favela pude haber seguido el camino malo, tuve muchas oportunidades de hacerlo, pero tuve la suerte de encontrar el fútbol», confiesa.

Así, el balón le dio una segunda oportunidad para vivir sin el miedo a un futuro vacío. La delantera brasileña ha sabido esquivar cualquier agujero, por bien

escondido que estuviera, para convertirse en todo un ejemplo de superación en el mundo del deporte. De este modo, sus maravillosas virtudes en el fútbol no solo la sacaron de la favela, sino que también están proporcionando el aliento necesario para que otras niñas sueñen con hacerlo. Con Ludmila han aprendido que no hay que decaer pese a las enrevesadas curvas que puedan aparecer en el camino. Su fortaleza se manifiesta en cada una de sus sonrisas *«hoje, amanhã e sempre»* («hoy, mañana y siempre»), que es una de sus frases favoritas y que representa su filosofía de vida.

No sonreír hace que el día no comience bien y esa idea no cabe en la gran positividad de una jugadora que desborda energía en cada una de sus carreras, en su juego y en sus goles. Es brasileña, sí, y tiene ese gen vivaz que siempre caracteriza a los nacidos en el país de la samba; un ADN tan fuerte que ha resistido contra todo. Y es que, pese a su juventud, Ludmila ha tenido que vivir demasiados momentos desagradables en los que la tristeza amenazó con hundirla pero falló en su intento.

La desdicha llegó a la vida de Ludmila al poco tiempo de nacer en Guarulhos, municipio al noroeste del estado de São Paulo. Con apenas un año de vida, su madre la llevó a ella y a sus hermanos a un orfanato por la grave adicción al alcohol que tenían ella y el padre de Ludmila. Aquella decisión escondía un cruel motivo: su padre los maltrataba físicamente cuando bebía y su madre no encontró otra salida a aquella encrucijada que enviar a sus hijos a un orfanato en el que estuvieran seguros.

Tras varios años en aquel lugar de acogida, del que Ludmila no guarda recuerdos, apareció su suerte o, mejor dicho, su tía, que los sacó de allí y se convirtió en su segunda madre y en su gran ángel de la guarda. Ella los crio, les dio todo su cariño y siempre animó a Ludmila a soñar con el fútbol. Por este motivo, la ahora jugadora de la selección de Brasil se muestra siempre fielmente agradecida por todo lo que hizo por ella su tía, a la que le compró una casa en cuanto pudo.

Con el atletismo y la *capoeira* como otras aficiones y el sueño de ser profesora durante su adolescencia, fue aquel primer ojeador que la captó quien la convenció para que diera el salto al fútbol. El «tienes mucho talento» dio paso a una prueba en la que maravilló en el Juventus de São Paulo, que terminó siendo su primer club. «Cambió toda mi vida», asegura Ludmila de su valedor. Después llegó al São Caetano, el Portuguesa, el Rio Preto y el São José, en el que jugó entre 2015 y 2017.

Fue entonces cuando su carrera despegó. Y para explicarlo también hay que volver al inicio, al Juventus de São Paulo. En aquel equipo estuvo bajo las órdenes de Emily Lima, que, años más tarde, fue elegida seleccionadora de la absoluta en Brasil. La entrenadora había conocido de cerca la calidad y el potencial que Ludmila guardaba en los pies y la convocó por primera vez con la *canarinha*.

Así arrancó su exitosa carrera, en la que la atacante de Guarulhos llegó a aterrizar en Madrid para jugar en el Atlético y ser una de las mejores jugadoras de la liga española. Este triunfo profesional no pudo escapar de las malas noticias que llegaban desde la favela, donde Ludmila supo elegir bien pero otros seres queridos no. La mala vida de aquel lugar dejó a muchos por el camino. Primero fue Thabata, su mejor amiga, que murió a los veintiún años a causa de las drogas, un mal extendido que se llevó poco después a su hermana Sheila y a otras conocidas. «La adicción nunca puede ser una opción», publicó la jugadora en sus redes sociales como grito de rabia. La pérdida de su mejor amiga y de su hermana coincidieron en un periodo en el que Ludmila pasaba por una grave lesión en la rodilla. «Fue muy complicado para mí», relató la brasileña en una entrevista con el diario *Marca*, en la que contó que había sufrido una depresión.

Pero de nuevo apareció el fútbol para rescatarla de la mayor de sus tristezas y seguir convirtiéndola en un baluarte de la lucha contra las adversidades. Ludmila volvió al verde, donde pocas jugadoras pueden hacer frente a sus espectaculares carreras. Este es un paralelismo que se da en su propia vida, porque la brasileña es una pantera a la que nadie puede detener. Su furia es por muchos, pero sobre todo por muchas, y es la abanderada de la favela y de todas aquellas niñas que la miran como un referente. A través de sus botas grita contra las diferencias de raza o de género, esas que la dejaron sin la oportunidad de disfrutar de un fútbol formativo en su infancia y contra las que nunca dejará de pelear.

Ada Hegerberg

1995, Molde, Noruega

No es oro todo lo que reluce. Las galas, los premios y la fama a veces esconden detrás duras injusticias, y el fútbol no ha podido evitar caer en ellas. Así, pese a que supuso un gran avance celebrar la entrega del primer Balón de Oro femenino en 2018, aquel galardón traía tras de sí una gran reivindicación: la igualdad en el deporte, esa misma que ha estado ausente desde que en 1956 Stanley Matthews alzara el primero de estos trofeos.

Que nadie echara en falta en todos esos años a las futbolistas en este premio deja constancia de todo lo que queda por avanzar. Casualidad o no del destino, el primer Balón de Oro femenino supo elegir con acierto a su campeona, no solo por premiar su gran rendimiento deportivo, sino por el efecto que tuvo después de que Ada Hegerberg recogiera este galardón. «Es un gran paso para el fútbol femenino. Quiero acabar este discurso pidiendo algo a las niñas de todo el mundo: por favor, creed en vosotras», dijo la delantera noruega sobre el escenario.

Sin embargo, este momento histórico, que hizo crecer las ilusiones de muchas de las que anhelan seguir sus pasos, se vio manchado por una broma machista. El *discjockey* de la gala, Martin Solveig, le preguntó a la recién proclamada mejor jugadora del mundo: «*Est-ce que tu sais* twerker*?*», o, lo que es lo mismo: «¿Sabes perrear?». La respuesta fue contundente: «No». Estas dos letras, acompañadas de un gran gesto de enfado de Hegerberg, tenían tal significado que con ellas bien podría escribirse un libro, o dos. «Podría haberme preguntado por cosas de fútbol», recriminó la noruega.

Polémica a un lado, Ada Martine Stolsmo Hegerberg, más conocida como Ada Hegerberg, se sirvió de la gloria para ir más allá. Con el Balón de Oro bajo el brazo, la delantera noruega quiso hacer visible la desigualdad en el fútbol y luchar por un deporte más justo. Así, la futbolista que lo ha ganado todo con el

Olympique de Lyon, en el que se ha convertido en la mayor goleadora histórica de la Champions y ha ganado hasta cinco cetros continentales, renunció al Mundial de 2019 como protesta. La Copa del Mundo disputada en Francia se quedó sin la gran estrella del momento en el fútbol femenino. Y no fue por mero capricho: Hegerberg tenía suficientes razones de peso para hacerlo, aunque a muchos les pareciera una decisión desacertada.

Su postura no fue improvisada. La jugadora del Lyon ya avisó en 2017 de que no volvería a jugar con Noruega hasta que se pusiera fin a las desigualdades existentes entre hombres y mujeres en el fútbol de su país. Aquella «amenaza» ocasionó una reacción inmediata de la Federación de Fútbol de Noruega, que firmó un acuerdo histórico por el que las jugadoras del equipo nacional tienen ahora el mismo sueldo que sus homólogos. Pero, pese a que todos tienden a pensar en ello, el reclamo de Ada va más allá del salario. La atacante noruega alzaba la voz por una igualdad de oportunidades y de trato y una preparación más profesionalizada en todos los aspectos. Hegerberg no reclamaba nada que no tuvieran ya los niños y los jugadores adultos en su tierra. «Quiero que todas las personas, especialmente las chicas jóvenes, crean que el fútbol es también para ellas», reivindicó, con un claro matiz siempre presente: «No se trata solo de dinero».

En su cruzada, Ada ha sido capaz de llegar a renunciar a un Mundial, una de las citas más esperadas por cualquier futbolista, hecho que demuestra que el precio por la igualdad ha sido y está siendo muy alto para todas las pioneras que han luchado por este deporte. Hegerberg es un ejemplo más en pleno siglo XXI, y tuvo que sacrificar su gloria por una gran causa, su éxito por el futuro.

En la mente de la delantera noruega no se concibe un fútbol desigual. Ella se curtió en un país que fue uno de los pioneros en el fútbol femenino mundial. Como curiosidad, Noruega ganó su primer Mundial femenino el 18 de junio de 1995 y Ada nació menos de un mes después. La vida da tantas vueltas que aquella niña acabaría diciendo «no» a esta cita por un bien común décadas después.

Ada, que se crio en una familia futbolera, con unos padres, Stein Erik y Gerd, futbolistas y entrenadores *amateur*, lleva la pasión por este deporte en las venas. Su madre, además, le transmitió el compromiso por una igualdad real. «Mi madre nos dio a mi hermana y a mí la confianza y el valor para usar nuestra voz y ser capaces de hacer sacrificios en nuestra carrera en el fútbol para que las siguientes generaciones crezcan con unas condiciones mejores», confesó en una entrevista con la CNN la jugadora, cuyo nombre futbolístico enaltece el apellido materno.

Esta humildad dejó una gran anécdota en la gala del Balón de Oro, en la que Hegerberg puso el premio en el suelo para no tenerlo encima todo el rato. Aquello provocó que Roberto Carlos se acercara a la estrella del Lyon y le dijera que no podía ponerlo ahí. «Es el Balón de Oro», exclamó el *crack* brasileño, que añadió: «Dámelo, yo lo protegeré por ti». Y así fue como Roberto Carlos sostuvo durante toda la noche el trofeo de Ada, que se convirtió en la primera mujer que brillaba con él.

El éxito llegó tras mucho sacrificio. Con el fútbol como modo de vida, Hegerberg creció entre balones junto con sus hermanos. Silas, el primero, juega como aficionado en Noruega. Andrine, dos años mayor que ella, lo ha hecho a nivel profesional y ha llegado a ser internacional con Noruega. Pero la gran celebridad llegó para la tercera de la saga Stolsmo Hegerberg, que empezó su idilio con este deporte con siete años, cuando siguió los pasos de su hermana y empezó a jugar en el Sunndalsora. Ambas fueron siempre de la mano, pero Ada pronto empezó a destacar.

En su siguiente club, el Kolbotn noruego, la primera Balón de Oro de la historia debutó con apenas quince años en primera división con una explosión prematura. Una temporada después destacó como gran goleadora del campeonato noruego. Después pasó por el Stabaek FK de su país y el Turbine Potsdam, en el que recaló de la mano de su hermana. En suelo germano, las dos maduraron entre los egos de ambas. Fue una época exigente que forjó su relación y terminó con caminos diferentes para las hermanas Hegerberg. Andrine se marchó al Kopparbergs Göteborg sueco, y Ada puso rumbo a Lyon, donde ha conseguido deslumbrar con luz propia.

En Francia, la delantera noruega no deja de acumular distinciones y grandes premios, y aprovecha cualquier momento de protagonismo para reclamar un fútbol más justo para las mujeres. La lucha de Ada no tiene límites. Sin perrear. Sin Mundial. Solo importa la igualdad, pese a que esta tenga a veces un coste demasiado alto.

Mapi León

1995, Zaragoza

María León nunca se imaginó subida en aquel escenario. Tampoco siendo un icono del movimiento LGTBI. Ya lo era en el fútbol, con el que cumplió su meta de poder dedicar su vida a mimar el balón, y aquello estaba siendo algo mucho más grande de lo que había soñado. Sin embargo, su figura era más que obligada en el MADO 2018 (Día del Orgullo en Madrid). Meses antes, la que hoy brilla como futbolista del Barça y de la selección española había confesado su homosexualidad de manera abierta, sin tapujos, tal y como ella siempre se muestra, en el campo o fuera de él: valiente y decidida.

Su carácter de entrega y lucha se trasladó de los terrenos de juego, donde dejaba de ser María para deslumbrar como Mapi, a la vida real; dos mundos que compaginó para dar aliento a otras muchas personas, fuesen o no como ella. El nombre de Mapi, que empezaba a acaparar los focos, junto con los de sus compañeras, con el gran auge del fútbol femenino, pesaba. Aunque no más que la gran humanidad que siempre agitó a María. Su naturalidad se enalteció. «Así es ella», pensarían los que mejor la conocen. Espontánea y pura.

Mapi tomó una gran responsabilidad más allá del fútbol: ser ejemplo de libertad. No hizo falta que nadie le dijese que lo hiciera; más bien fue todo lo contrario. Su madre le pidió que lo pensara bien, pero la apoyó, al igual que su padre. Ninguno puso nunca un pero, aunque tampoco había razones para hacerlo. Para ella no era una cuestión puramente personal, si bien no dejaba de serlo por todo lo que suponía: su fin era ayudar al resto. «¿Qué necesidad tienes?», le decían sus allegados. «¿Qué problema hay?», respondía ella, que no dejó de sonreír desde que saltó a la palestra del MADO.

Sí, María fue una de las pregoneras de aquel Día del Orgullo. Sus palabras y su ejemplo habían llegado muy lejos. Y, subida al escenario de la plaza de Chueca, al son de su discurso, no dejó de pensar en todos aquellos mensajes

looks can be deceiving

que le llenaron el móvil de orgullo después de que anunciase su homosexualidad: «Gracias», «Me has dado fuerza», «No estoy sola»... Todos estos mensajes la llevaron hasta allí, pero no fue un paso improvisado. Lo pensó mucho, pero nunca creyó que el resultado sería ese, y en aquel momento descubrió el valor de una simple palabra. No se veía como una salvadora, aunque para muchos lo fuera, pero sintió que su mensaje había sido más revelador que liberador.

«En otros países nos encarcelan y nos matan por ser quienes somos, por existir. Hay personas LGTBI que tienen que huir y que se encuentran solas, con las puertas cerradas y a la deriva», recordó Mapi en el MADO 18, en el que denunció la disputa de la Copa del Mundo de 2018 en Rusia, donde «la LGTBIfobia está a la orden del día». Hacía falta un cambio y estar allí, en Chueca, era el primer paso. María no solo ha sido espectadora de este cambio, sino que es una de sus agentes. «*It is possible*», reza el primer tatuaje que ella misma se hizo en la mano (le gusta el dibujo y le gustaría ser tatuadora). Y así fue, porque amar es libre y ser jugadora de fútbol no te puede privar de ello.

En su caso, fue pionera al abrir esta puerta: se convirtió en la primera futbolista, hombre o mujer, de la liga española que confesaba públicamente su homosexualidad. Sí, era lesbiana y jugaba al fútbol. ¿Y qué pasa? Había muchas y muchos más, pero fue ella quien dio un paso al frente, consciente de que su figura mediática podría servir de ayuda a otras personas. En esta línea, y pese a que es cierto que aquel gesto la sometió a constantes miradas (las entrevistas se intensificaron, todo el mundo hablaba de que era futbolista y lesbiana...), la jugadora siempre asumió que el coste merecía la pena. Allí estaba Mapi, con su espontaneidad, para frenar a todo aquel que buscara la polémica. «Si estás orgullosa de lo que eres, da igual lo que digan. Es una manera de dar un paso más y de ayudar a generaciones futuras, o intentarlo al menos», dijo en una entrevista con *Shangay*.

Volvamos al imaginario de Mapi, cuya figura es incluso mucho más importante para el fútbol femenino español que para el colectivo LGTBI. Porque lo cierto es que, por no imaginar, la jugadora ni siquiera podía articular en su mente una simple idea de todo lo que ha vivido en su exitosa carrera deportiva. Indiscutible en la selección y en el Barça, se convirtió en el primer traspaso por el que se pagó dinero en el fútbol femenino español después de que el club catalán desembolsara 50.000 euros al Atlético por su incorporación.

Aquella joven, que de niña coleccionaba cromos de Ronaldinho, rompía otro techo más para este deporte. La cantidad sonaba a poco en comparación con la sección masculina, pero suponía una revolución para esta categoría. En ella, Mapi formó parte de una generación que plasmó sobre el papel una gran lucha que había durado décadas: el primer convenio colectivo del fútbol femenino español. Atrás quedaron todos los problemas que sufrió hasta lograr su sueño, desde el profesor que siempre le decía que dejara el fútbol porque no tenía futuro hasta las grandes desigualdades.

Enamorada del deporte (empezó con el voleibol, jugó al fútbol sala y le encantaban el béisbol y el baloncesto), su vida parecía abocada al balón. Eran María y la pelota. Siempre. Cuando tenía diez años, su juego pasó de la calle y el patio, donde pateaba el balón con su hermano y sus amigos, a la pista. Fue casi por casualidad, cuando acompañaba a su hermano a una prueba en la Agrupación Deportiva Gran Vía 83, un club de fútbol sala, con la intención de apuntarse a voleibol. «Le pregunté si se quería apuntar y se quedó parada diciendo: "Pero ¿este hombre qué me dice?". Miró a su madre y acabó probando. Ella se quedó y su hermano se fue a voleibol», contó Carlos Arregui, presidente del club, a *El Periódico de Aragón*.

Tras cumplir los doce años, la división de sexos dejó a Mapi sin equipo, pero ahí llegó su otra gran casualidad. Ocurrió en un supermercado, donde un hombre se le acercó y le dijo: «Tienes pinta de jugar al fútbol». Y así fue como dio el salto al Transportes Alcaine (ahora Zaragoza C. F. F.). Fue el inicio de una carrera que continuó en el Espanyol y en el Atlético y que explotó en el Barça, donde se convirtió en una de las mejores defensas del mundo.

Sin embargo, todo esto no sorprende a quien se haya cruzado en su camino. Mapi ya apuntaba alto desde siempre. Guarda en sí misma los ingredientes perfectos para hacerlo: una personalidad que capta a todo aquel que la mira. Su triunfo, en cambio, no es casualidad, y tiene todavía una gran proyección de cara al futuro. Mientras, su figura se alza como inspiración mucho más allá del fútbol.

Wang Shuang

1995, Wuhan, China

Wang lloró toda la noche durante el trayecto en aquel tren que la llevaba desde Wuhan, donde había pasado los últimos tres días con su familia en la celebración del Año Nuevo chino, hasta Pekín. Y lo hizo pese a pensar que su padre —que en realidad es su tío, pero ella lo considera un padre— cumpliría con su promesa antes de emprender su marcha. «Mañana iré a por ti», le dijo, después de que esta le pidiera no volver al internado de la selección china. «¡Tienes que venir, papá! ¡Prométele!». Él asintió, pero nunca fue a buscarla.

La ahora futbolista profesional solo tenía entonces doce años y había llegado hasta ese punto sufriendo en silencio. Aquella noche fue una excepción. Nunca se había quejado, pero su mente le pidió ayuda. No podía más y quería quedarse allí, con su familia, esa a la que tanto extrañaba en la residencia. Allí se sentía muy sola, teniendo en cuenta que su edad era muy inferior a las de sus compañeras, que rondaban los diecisiete años.

Lloró y lloró, y sus lágrimas pasaron a ser una armadura. Había alcanzado ese punto gracias a un talento precoz, pero Wang solo era una niña. Solo quería el calor de su familia, el único sitio en el que se sentía cómoda. Por ello, aquel adiós se convirtió en una tortura para ella, que desde entonces odia las despedidas, pero también la hizo madurar. Su padre solo quería que siguiera el camino correcto en el fútbol, aunque la forma de hacerlo fuese dolorosa.

Así, la soledad se convirtió en su peor enemiga, un sufrimiento que esquivaba cuando saltaba al campo. Sobre el terreno de juego no le hacía falta mostrar sus pensamientos con palabras. Las miradas, los gestos, el balón... eran los únicos ingredientes de aquella pasión que iluminó sus días. Wang era de carácter muy tímido y el fútbol fue su salvación, un lugar en el que encontró la felicidad a medida que fue dando sentido a aquel doloroso adiós en Wuhan, donde se quedaron orgullosos su primo y sus tíos.

CFA
7
7

Sus tíos habían pasado a ser sus padres al acogerla cuando ella tenía cinco años, después de que sus verdaderos progenitores se divorciaran y se desentendieran de ella. Fue su primer gran adiós, un abandono que pudo superar gracias a su nueva familia. Al principio fue complicado, se sentía como una extraña y, por esta razón, se aisló en su dormitorio. No obstante, poco a poco fue cogiendo confianza, con el fútbol como gran aliado. El balón actuó de nexo de unión con su primo, al que empezó a querer como a un hermano. Con él pasaba las horas jugando. Se volvieron inseparables.

Con la ayuda de la pelota también comenzó a hacer amigos en su nuevo colegio y aprovechaba cualquier pausa de las clases para practicar este deporte, en el que destacó muy rápido. No obstante, su talento se vio pronto amenazado por el vacío de oportunidades para las niñas en el fútbol: solo había un club para niños. Wang logró sortear este escollo gracias a la ayuda de su hermano, que luchó para que la admitieran en aquel equipo. Además, su apariencia la hizo pasar muy desapercibida. Llevaba el pelo corto y parecía un niño, lo cual la hizo encajar a la perfección en aquel club.

«¡Oye, mira a Tomboy [así la apodaban], está jugando muy bien!», se oía en las gradas. Este recuerdo siempre le devuelve una sonrisa a la cara. Fue el comienzo de su gran vida como futbolista, y en este deporte encontró la mejor manera de expresarse y de llamar la atención, hecho que aprovechó la pelota para curtir en ella a una futbolista mediante la que brillar.

«Me encanta el fútbol porque siempre estás en un equipo. Ganamos juntos, perdemos juntos. Pase lo que pase, no estás sola», confesó en una carta abierta Wang, que cuando tenía doce años había alcanzado un nivel tan alto que fue seleccionada para marcharse a la residencia de la selección china sub-17. Este fue un salto muy duro que tuvo que digerir en momentos como el vivido en aquel viaje en tren de Wuhan a Pekín.

La adaptación fue difícil a causa de las estrictas condiciones de la escuela. «El entrenador nos despertaba a las 7:00. Desayunábamos a las 7:30 y luego estudiábamos desde las 8:00 hasta las 12:00. Almorzábamos y descansábamos hasta las 15:00. Entrenábamos dos horas antes de la cena y luego estudiábamos de 19:30 a 21:00. Pasé unos seis meses en esa escuela. Sé que no parece mucho, pero fue como toda una vida», relata Wang, que, pese a todo, salió de aquella concentración en la capital china con más ganas aún de ser futbolista.

Sin embargo, su talento no le facilitó el camino para conseguirlo. «La gente a mi alrededor siempre ha tratado de derribarme, de aplastar mis esperanzas, de decirme todo lo que no podía hacer», lamenta la que después se convertiría en la gran líder de la selección de China. Wang tuvo que convivir durante muchos años con la dura crítica de la gente que la rodeaba. Cualquier error o debilidad se visibilizaba siempre.

Todas aquellas voces negativas la hicieron dudar de sí misma. ¿Valía para ello?, ¿era el fútbol su gran don? Estas preguntas la atormentaban. Y lloró. Volvió a llorar mucho, pero de nuevo lo hizo en silencio, por las noches, en la cama, mientras pensaba en cómo mejorar sobre el verde. Con la presión de ser mejor y con el único disfrute de saltar al campo se consumió su infancia y su adolescencia. Wang solo tenía un cometido: demostrar su valía en el fútbol.

No obstante, sus dudas se esfumaron un gran día, con la primera llamada de la selección absoluta en enero de 2013. El entrenador le dijo que la necesitaban. «¿A mí?», pensó. Sí. A ella. Porque Wang era y es especial. Por eso fue elegida mejor futbolista de China desde 2017 hasta 2019 y fue la jugadora más destacada de Asia en el año 2018. Primera de su país en marcar en la Champions, Shuang pasó de debutar en el Wuhan Ladies a jugar en el Daejeon Sportstoto coreano, el Dalian Quanjian o el PSG, y se ganó el apodo de «Lady Messi». Hizo que el sufrimiento provocado por su estancia en el internado y por el abandono de sus padres mereciera la pena.

Wang nunca se conforma. Quiere más, lo cual es fácil de entender cuando se conoce su vida, en la que el trabajo y la constancia en el fútbol han copado todos sus momentos desde que era una niña. Lo hace por todos los que le dijeron «no», por los que nunca creyeron que iba a triunfar en el fútbol. «Todavía me llegan voces que dicen que no tengo talento. Todavía me motiva demostrarles que están equivocados», subraya. Su intranquilidad no es recíproca en el fútbol, que se siente muy afortunado de haberse cruzado en su camino. Para este deporte es más que suficiente todo lo que Wang ha dado, aunque disfruta mucho de su valioso inconformismo.

Otras pioneras del fútbol español

Irene González

1909-1928, A Coruña

Irene es para muchos la primera jugadora profesional del fútbol español. Portera en equipos masculinos y femeninos, entrenadora y hasta presidenta de su propio club, el Irene F. C., causó sensación en los años veinte e incluso recibió dinero por jugar. Lo hizo tras superar todo tipo de barreras —«la Zamorita del sexo débil», la llamaban— antes de sufrir un trágico final: murió de tuberculosis con diecinueve años. Su memoria se ha recuperado gracias al libro *Irene y las puertas del fútbol*, de Rubén Ventureira y Juan Luis Rodríguez Cudeiro, que vuelve a alzar una figura que recorrió como una gran estrella los territorios de Galicia, donde fue un fenómeno inédito y abrió camino a las que vinieron detrás.

Inmaculada Cabecerán

1952-2018, Barcelona

Fue el *alma mater* del Barça femenino y una de las grandes pioneras del fútbol femenino español. Con apenas diecisiete años, la catalana se plantó en el despacho de Agustí Montal, el entonces presidente del Barça, para pedir la creación de un equipo femenino. Amante del fútbol, que practicaba con su hermano y veía con su padre en el Camp Nou, aquella joven consiguió que el mandatario culé le diera el visto bueno. A continuación, Inma puso un anuncio en la prensa y reunió a veinticuatro jugadoras para un partido el día de Navidad de 1970 en el Camp Nou, que albergó a sesenta mil espectadores. Fue el primer partido femenino no oficial (no pudieron usar el nombre, el uniforme ni el escudo del Barça) en este estadio, lo cual marcó un hito en este deporte.

Maria Teresa Andreu

1952, Barcelona

Maria Teresa Andreu es una de las grandes instituciones del fútbol femenino español, que ayudó a impulsar durante los años setenta. La catalana fue clave en la legalización de esta categoría y contribuyó a que tuviera el respaldo de la Federación Española. Considerada por muchos como «la madre del fútbol femenino», Andreu fue pionera jugando como portera en el Barcelona y alzando la voz para que este deporte gozara de más reconocimiento en España, desde su cargo de presidenta del Comité del Fútbol Femenino de la Federación Española y Catalana y de la UEFA entre 1980 y 1998. Sin duda una luchadora que vivió el fútbol femenino en primera persona y lo defendió desde los despachos.

A CORUÑA
OVIEDO
Irene González
María Antonia Is Piñera
Victoria Hernández
Laura del Río
MADRID
Amanda Sampedro
Guadalupe Porras
BADAJOZ
SEVILLA
Pilar Vargas

Ainhoa Tirapu
Inmaculada Cabecerán
PAMPLONA
Eunate Arraiza
BARCELONA
Maria Teresa Andreu
Concepción Sánchez Freire
PALMA DE MALLORCA
Patri Guijarro

Concepción Sánchez Freire

1957, Madrid

Icono del fútbol femenino español en los años setenta, recibió el apodo de «Conchi Amancio» por tener un juego parecido al entonces *crack* madridista Amancio Amaro. Pero su desbordante calidad no le permitió dedicarse a este deporte en España, desde donde tuvo que emigrar a Italia y luego a Inglaterra. De este modo, fue la primera futbolista que jugó fuera de las fronteras españolas, y llegó a ser jugadora profesional. Capitana de la primera selección española no oficial, Conchi fue comparada con personajes como Maradona o Platini. Pese a ello, en veinticinco años de carrera no le llegó ni una sola oferta desde España y tampoco cotizó por su trabajo. Ahora dirige su propia escuela deportiva para niñas en Inglaterra.

Victoria Hernández

1958, Madrid

Victoria Hernández es una de esas figuras simbólicas en España, donde se convirtió en la primera y, si no la única, una de las pocas mujeres en salir a hombros de un campo de fútbol. Sucedió en el estadio madrileño de Boetticher, donde se jugó en 1970 el primer partido oficial de fútbol femenino en suelo español (se disputó otro en 1914, pero se organizó con fines benéficos y entre dos equipos del mismo club). Pero lo de Victoria fue más allá. Esta pionera no solo salió una vez a hombros del campo, sino que este hecho se repitió en dos ocasiones. Tenía doce años y firmó entonces el que para muchos fue el primer contrato de una futbolista en España. Un dato histórico que la convierte en un hito de este deporte.

María Antonia Is Piñera

1966, Oviedo

El año 2018 fue muy especial para el fútbol femenino español, que colocó el primer trofeo ganado en un Mundial en sus vitrinas. Este título, que captó la atención de todos y siguió sumando méritos a esta incansable categoría, vino de la mano de la selección sub-17, un equipo al que lideró desde el banquillo María Antonia Is, conocida popularmente como Toña Is. La asturiana, que como jugadora también protagonizó un momento histórico al colgarse la medalla de bronce en la Eurocopa de 1997, la máxima distinción conseguida por la selección española, llegó a ser nominada por este éxito al premio The Best. No consiguió este galardón mundial, pero logró mucho más: ser uno de los referentes femeninos en los banquillos.

Pilar Vargas

Años sesenta, Sevilla

«La primera entrenadora», reseñaron algunos medios de la época. Era 1991 y Pilar Vargas seguía su estela como pionera en un mundo al que le cuesta asimilar que una mujer pueda ocupar este puesto. Décadas después de aquello, ellas siguen viéndose obligadas a demostrar más que los hombres para dirigir un banquillo, ya sea femenino o masculino. En ambas categorías, Pilar dejó su sello como entrenadora, y fue la primera mujer que consiguió la licencia para desempeñar este cargo después de haber sido jugadora. A su labor en el campo o en el banquillo se añadió la que llevó a cabo desde los despachos: fundó el Híspalis, ahora el Sevilla femenino, y no ha dejado de luchar por mejorar las condiciones en esta categoría.

Laura del Río

1982, Madrid

«El mundo del fútbol siempre ha estado cerrado a las mujeres y estamos rompiendo muchas barreras», señaló la exjugadora Laura del Río cuando se anunció que entrenaría al Flat Earth masculino de tercera división en 2019. Con esta noticia, Laura sumaba galones a su figura de pionera. Ya había sido valiente al hablar de su homosexualidad cuando jugaba en Estados Unidos, y en otras tantas ocasiones. Esta no fue menos, y su decisión tuvo un gran impacto mediático. Ahora Del Río, que ya dejó el Flat Earth, sigue aportando su granito de arena en el fútbol femenino: forma parte del Observatorio para la Igualdad de la Federación y es asistente en las categorías inferiores de la selección femenina.

Ainhoa Tirapu

1984, Pamplona

Mítica guardameta del Athletic, donde jugó durante quince años y en el que ejerce de preparadora de porteras desde que colgó los guantes en 2020, ha dejado una huella imborrable en la primera división Iberdrola. Sin ir más lejos, fue portavoz de las jugadoras en la dura lucha por el convenio colectivo, un documento sin precedentes en Europa, y en su posterior consecución. Tirapu, que en sus inicios tuvo que compaginar el fútbol con los estudios en la universidad y un trabajo en Decathlon, no quería que las niñas del futuro tuvieran que derribar tantas barreras como ella y sus compañeras y consiguió que fuera así. Licenciada en Química, Ainhoa ha sido empresaria (fundó su propia marca) además de futbolista y es un ejemplo de trabajo y constancia.

Guadalupe Porras

1987, Badajoz

Hacer que la palabra *árbitro* adquiera una connotación femenina no ha sido nada fácil. No solo por la palabra (pocos dicen *árbitra*), sino también por el rechazo social que se han encontrado las mujeres en este sector, en el que hasta hace poco ni siquiera contaban con ropa especializada para ellas. Esto empezó a cambiar hace poco y, aunque desde las gradas los insultos llegan a ser más desagradables aún para ellas, lo hizo gracias a nombres como el de Guadalupe Porras. La árbitra extremeña fue la primera española que pitó un torneo europeo masculino (Europa League) y la primera en debutar en LaLiga Santander. Una hazaña que sirve de ejemplo a cualquier mujer que mire con interés el arbitraje.

Eunate Arraiza

1991, Pamplona

Eunate ha derribado la barrera del sonido en su vida y en el fútbol, pues creció sin tener referentes debido a la invisibilidad que tenía entonces esta categoría. De esta forma, la futbolista del Athletic, que sufre una severa sordera desde niña, se alza como un ejemplo de superación para todos. A base de trabajo y sacrificio, la jugadora nacida en Biurrun ha conseguido hacerse un hueco en la élite del fútbol femenino español, compitiendo como sus compañeras al máximo nivel (ganó una liga, jugó una Champions, ha jugado con la selección...). Estos logros la han llevado a ser reconocida por la UEFA por su sacrificio y ha causado una gran admiración en todos los que conocen o han sido testigos de su éxito.

Amanda Sampedro

1993, Madrid

Garra, pasión y mucho esfuerzo. La historia de Amanda Sampedro en el fútbol se escribe en rojiblanco y está rodeada de trabajo y superación, tras derribar muchas barreras. La madrileña pasó de niña a mujer y capitana del único club de su vida, un Atlético al que lideró en su época más dorada (tres ligas y una Copa entre 2017 y 2019) y en el que es un icono: es una de las tres primeras y únicas jugadoras que aparecen en el Paseo de Leyendas del Atleti en el Wanda Metropolitano. La madrileña, que ha sido la imagen de Barbie en España para la versión futbolista de la famosa muñeca, destaca por ser una de las leyendas vivas del deporte español y por su gran lucha por la igualdad de condiciones de hombres y mujeres en el fútbol.

Patri Guijarro

1998, Palma de Mallorca

Patri Guijarro forma parte de una nueva generación de éxito en el fútbol femenino español, que ha obtenido grandes frutos por su trabajo, con perlas como la mediocentro de Palma de Mallorca. La futbolista del Barcelona también aportó su esfuerzo para sumar nuevos logros para esta categoría. Y es que, pese a que Patri se encontró con menos barreras para patear el balón que sus predecesoras, la balear rompió en el año 2015 un nuevo techo al ser la primera jugadora que estudió Bachillerato en La Masia, un hito que abrió las puertas a las primeras residentes de la cantera azulgrana. Balón y Bota de Oro del Mundial Sub-20, la centrocampista es todo un símbolo de crecimiento en esta categoría.

Sobre las autoras

Mayca Jiménez (Bailén, 1994) es una periodista especializada en fútbol femenino. Se graduó en Periodismo por la Universidad Carlos III de Madrid y lleva desde 2016 trabajando como redactora en el *Diario AS*. En este periódico deportivo lidera la sección dedicada al fútbol femenino, para la que ha cubierto grandes citas *in situ*, como las dos únicas finales de Champions con representación española de la historia, en Budapest y Gotemburgo. Además, ha entrevistado a las mujeres más relevantes de este deporte en nuestro país y ha seguido el día a día de algunos de sus hitos más importantes, como el primer convenio colectivo de esta categoría en España.

Apasionada del balompié, creció entre los banquillos de los equipos *amateurs* que entrenaba su padre en su localidad natal. Y así fue como el deporte rey se convirtió en un modo de vida para Mayca Jiménez, que encontró en él la oportunidad de mezclar sus dos grandes aficiones: contar historias y estar cerca de la pelota.

Alicia Caboblanco (Madrid, 1992) es ilustradora. Se graduó en Bellas Artes por la Universidad Complutense de Madrid en 2014 y en Ilustración en la Escuela de Arte de Tarragona en 2017. Ha colaborado principalmente en publicaciones del ámbito editorial, en prensa y en álbum ilustrado, así como en la realización de carteles para eventos culturales y publicidad y en exposiciones colectivas. Forma parte de la Asociación de Ilustradoras de Tarragona.